本译著为国家社科基金项目"南非英语小说民俗书写研究"（22BWW065）阶段性成果。

南非文学译丛

祖鲁人在纽约

The Zulus
of
New York

Zakes
Mda

[南非]
扎克斯·穆达 著

胡忠青 张甜 译

深圳出版社

版权登记号　图字：19-2025-059号
THE ZULUS OF NEW YORK
Zakes Mda
Copyright © 2019 Zakes Mda
This edition arranged with Blake Friedmann Literary Agency Ltd
through Andrew Nurnberg Associates International Limited

图书在版编目（CIP）数据

祖鲁人在纽约 /（南非）扎克斯·穆达著 ；胡忠青，
张甜译. -- 深圳 ：深圳出版社，2025. 7. --（南非文
学译丛）. -- ISBN 978-7-5507-4280-2

Ⅰ. Ⅰ478. 45

中国国家版本馆CIP数据核字第20250ES226号

祖鲁人在纽约

ZULUREN ZAI NIUYUE

责任编辑　林凌珠
责任校对　莫秀明
责任技编　梁立新
封面设计　朱镜霖

出版发行　深圳出版社
地　　址　深圳市彩田南路海天综合大厦（518033）
网　　址　www.htph.com.cn
订购电话　0755-83460239（邮购、团购）
设计制作　深圳市龙瀚文化传播有限公司 0755-33133493
印　　刷　深圳市希望印务有限公司
开　　本　889mm×1194mm　1/32
印　　张　6.375
字　　数　112千
版　　次　2025年7月第1版
印　　次　2025年7月第1次
定　　价　43.00元

目 录

1

纽约市——1885年11月
野蛮祖鲁人

朗埃克广场上拉着一条横幅，上面写着"野蛮祖鲁人"几个大字。观众们排队买票入场，走进用一捆捆干草围起来的表演场地。有些观众坐在随意摆放的草垛上，等待观看表演，还有一些聚集在铁笼子前。

野蛮祖鲁人坐在笼子里，身上披着用人造虎皮和鸵鸟毛做的披风，看上去光彩照人。这个祖鲁人体形硕大，比艾姆-皮见过的任何男人都高大。他不时咆哮，观众屏息以待。笼子外，一个黑白混血男孩打着康加鼓，摇着手铃，应和着祖鲁人的咆哮声。

形形色色的观众聚集在广场上。有从田德隆附近的酒吧、窥视秀和赌场游荡过来的花花公子，也有从附近马车厂、皮革厂、马鞍厂、马具店和马匹经销店过来的工人。他们身着工作服，趁着午休间隙过来看热闹。还有一些绅士，可能是外地人，身边带着衣着华丽的女士。

鼓手男孩一边拍打康加鼓，一边跳着怪诞的吉格舞。但为了不让他抢走笼中主角的风头，表演场里的工作人员制止了他的表演。

表演场的经理是个矮胖的白人，留着络腮胡，看上去很友好。他戴着一顶闪闪发亮的大礼帽，在笼子前昂首阔步。此人叫戴维斯。一周前，他曾安排艾姆－皮和斯劳来看演出，但此时，他不再和蔼可亲，而是忙着招呼生意，甚至都没朝艾姆－皮的方向看一眼。他抽了一下鞭子，野蛮祖鲁人的怒吼声更大了。只见那个祖鲁人健硕的胸肌一颤一颤的，布满血丝的眼睛一鼓一鼓的。见此情景，花花公子们一阵欢呼，他们的女人则浑身颤抖，紧紧抓住情郎的手臂。工人们大多聚集在临时搭建的场地后面，以示对上层社会人士的尊重。他们一边吃着午餐，一边起哄："快点儿，来点真格的！我们可没那么多闲工夫等着！"

"女士们，先生们，姑娘们，小伙儿们，最激动人心的时刻到了。"经理讨好地朝女士们说道。接着，他转身朝笼子旁边的观众大喊道"小心"，因为那些人离笼子太近，几乎要碰到栏杆了。经理厉声警告说："不要靠近笼子，要不然野蛮祖鲁人会从栏杆间抓住你，用牙齿把你的胳膊撕碎。像他部落里的所有种族一样，他偏爱人肉，而且他已经两天没吃东西了，现在非常饿。"

一位好心的女士往笼子里扔了一根香蕉，但野蛮祖鲁人怒吼着，把香蕉踢了出去。

"这么好的水果，真是浪费啊！"一名男子惊呼道，伸手去够香蕉。

戴维斯脸色铁青，非常生气。

"不准投喂野蛮祖鲁人！"他大喊道，"你凭什么认为他会像猴子一样吃香蕉？野蛮祖鲁人才不是猴子，他很危险，我们不会无缘无故叫他野蛮祖鲁人。在他们的自然栖息地，年幼的祖鲁人吃母狼的奶长大。待到他们长成青少年，他们的成年仪式就是与灰熊摔跤。大家都往后站，往后站！千万不要激怒野蛮祖鲁人，否则，你就会成为他的早餐。"

一名身穿粗布工装的黑人推着一辆木轮车走过来，车里装着生肉和一只活公鸡，公鸡的双腿被麻绳绑在一起，人们纷纷给他让路，气氛顿时紧张起来。黑人把手推车和里面的东西交给戴维斯，车斗里的鸡拼命地扇动翅膀。经理小心翼翼地打开笼子，将鸡和生肉扔了进去。在祖鲁人要扑向他之前，他迅速关上笼门。野蛮祖鲁人俯身扑向那只鸡，观众们不断尖叫。只见他用双手扯，用牙齿咬，把鸡活活撕成了碎片，然后开始生吃起来。他狼吞虎咽，大口嚼着鸡内脏，鸡血溅得笼子里到处都是。他伸手拿起一块生肉，咬了一口，接着又咬了一口鸡肉，连着鸡毛杂碎一起嚼。观众们陷入疯狂，就好像被电流贯穿了全身一样兴奋。

忍无可忍的艾姆－皮决定离开，但才离开笼子几步远，他就忍不住把满嘴的唾液喷了出来。

他在干草捆围成的围墙附近徘徊了一会儿，但没有退场，因为他担心看门人可能不会让他再进来，戴维斯可不会在入口处帮他向看门人解释他是特别来宾。此时，保安正忙着驱赶那些没买票、试图站在围墙外观看表演的投机分子。他站在干草捆上，看见一个揽客的人在人行道上走来走去，滔滔不绝地向路人介绍野蛮祖鲁人的凶猛和野性，试图邀请他们前来一睹为快。接着，他跑到主干道上，在川流不息的公共马车和出租马车中间向路人介绍演出的精彩之处，却使街道堵成一团。马车司机挥舞着拳头，大喊着叫他让开。对艾姆－皮来说，司机们的喊叫可比野蛮祖鲁人的表演有趣多了。他看了一会儿，担心斯劳能否按时赶到这里。

他的胃舒服点儿了，但他得强迫自己看完整场演出。

他别无选择，只能拖着脚步往回走，因为斯劳肯定要他讲述表演的全过程，从头到尾，每一个细节都不能省略。观众们纷纷给他让路，他回到笼子前面那个他之前站过的地方。人们都好奇地盯着他，以为他与这场表演有关或他是经理雇用的工人。这里的观众都是纽约绅士或各种追求社会地位的人，而他是唯一的黑人。

曾几何时，这样的演出是底层民众的专属，而上层精英们则在音乐歌剧院和大都会歌剧院的私人包厢里观看演出，寻求快乐。大都会歌剧院一个月前才开张，是一个"老钱"①创办的。越来越多的暴发户拥进音乐歌剧院附庸风雅，这个"老钱"感觉自己像被挤出来了一样，所以他另起炉灶，创办了大都会歌剧院。但这些天来，广场上的"野蛮祖鲁人"表演不仅吸引了普通民众和假装有钱有地位的人，而且引来了城里一些有头有脸的人物。尤其是在麦迪逊广场花园②这种备受瞩目的娱乐场所举办这种展演，即便是百老汇剧院的常客，偶尔也会沉迷其中。因为最伟大的、独一无二的经理人——大师法里尼推广了这种展演，并将它变成了体面的娱乐节目。甚至纽约的许多知识分子，

---

① 指通过家族继承财富和地位的人。——编注
② 麦迪逊广场花园其实是纽约四座体育馆的名字，因其中建立较早的两座坐落在麦迪逊广场而得名。——编注

也以自己是人类学倡导者或达尔文进化论的狂热爱好者为由，经常来观看这种原始人种展演。

野蛮祖鲁人正在表演一种很粗俗的舞蹈，他呻吟着，模拟性爱动作。他的腰上围了一圈兽皮，垂至大腿中部。艾姆-皮看到，在那人的兽皮裙下，那根硕大的"棍子"正上下摆动。见此情景，在场的女士们都羞红了脸，咯咯傻笑不止，而男士们则大多面无表情。

一些工人陆续离开表演场地，他们不是在表示抗议，因为他们还在哈哈大笑，怂恿野蛮祖鲁人继续粗俗的表演。他们离开是因为上班时间到了。

"祖鲁人是性机能很强的人种。"经理挤眉弄眼地跟观众介绍起来。

艾姆-皮眉头紧锁。

鼓手男孩一只手敲鼓，另一只手拿着铃鼓敲击。男孩的鼓敲得越快，野蛮祖鲁人舞得越疯狂。他盯着观众席中的一位女士，指着他那难以驾驭的"棍子"引诱她。他色眯眯地盯着那位女士，试图用自己想象中的迷人微笑使她神魂颠倒，但实际上他的笑容看上去更像是恶狠狠地咧嘴一笑。那位女士蜷缩在情郎的臂弯里，恶心得脸都变形了，而野蛮祖鲁人却继续对着那位倒霉的女士做着粗俗的动作。那位女士的情郎再也无法忍受了，他对着野蛮祖鲁人和戴维斯大骂起来。观众也一边起哄、咒骂，一边朝笼子里扔各种东西，大部分是鸡骨头、食物残渣和他们吃剩的花生，现场一片混乱。留在现场还没离开的工人观众有更强大的武器——臭鸡蛋和烂水果，他们把这些东西一股脑全扔向了笼子。戴维斯只得举起双手，恳求观众停下来，不要再扔东西了。但野蛮祖鲁人一边继续跳着粗鄙的舞蹈，一边躲避观众的投掷物，或者接住东西，再扔向人群。

艾姆-皮觉得自己该离开了，他在混乱中挤到入口处。"你会错过最精彩的部分的。"看门人说，"你要是回来，就得再付钱。"

"他第一次来就没付钱。"另一个人说，"老板直接让他进来的。"

"他们怎么会让你进来？这儿没有像你这样，不花钱就能看表演的。"

"问你们老板去。"艾姆-皮说着就挤了出去。

他加快步伐，走过一个个小摊。摊贩们大声吆喝，招揽顾客，似乎在比谁的嗓门最大，"新鲜烤花生！"

他站在人行道上，看着来往的车辆，发现马车比先前少了许多。附近马车工厂的一群铁匠和车工从艾姆-皮身边走过，看到他胳膊肌肉发达，他们开始冷嘲热讽，感叹过去的美好时光。因为在过去，黑人肯定会像骡子一样忙着拉马车，而不是像现在这样在街上闲逛。一辆双座马车突然在艾姆–皮身边停下，斯劳下了车，手里拿着一根马鞭。人们可能会误认为他是个老派的西部花花公子。艾姆–皮窃笑，因为斯劳既不是骑马的人，也不是马的主人，这根鞭子只是个摆设罢了。

"表演怎么样？"斯劳问道。

艾姆–皮带着他走到了马车车站。只等了一会儿，轨道马车就来了，车一停，他们就爬上马车尾部的踏脚台。

"先生，车厢里有您的位置。"马车售票员向斯劳招手示意。

"我就站这儿。"斯劳说，"我得和我的伙计谈点事情。"

他们只能站在马车尾部或者前端的踏脚台上说话。除非获得白人乘客的允许，否则，像艾姆–皮这样的黑人是不能进入马车车厢的。要不然，他就得等着乘坐专供有色人种的马车，但这种马车通常都破旧不堪、摇摇欲坠，而且车次很少。他讨厌斯劳替他向售票员求情，搞得好像自己是他的用人似的。但当天气恶劣时，他也别无选择，只能装作是斯劳的用人。

他们沉默了一会儿，听着马蹄着地发出的踢踏声和车轮摩擦金属轨道的声音。

"我们从那些人身上什么也学不到。"艾姆–皮打破沉默。

"但那些人就是靠这个赚钱的，赚了很多钱。你竟然说我们从他们身上什么都学不到？"斯劳问道。

"他们赚钱的方式不对。"艾姆-皮说。

他向斯劳描述野蛮祖鲁人的表演如何粗俗无礼。斯劳摇头，哈哈大笑起来。

"这正是人们希望看到的。"他说，"成百上千的观众来看表演，就是为了体验被冒犯的感觉啊。"

"但他们朝戴维斯和那个大块头的祖鲁人扔东西。"

"你觉得他们是从哪儿弄来这些东西的？"斯劳问，"他们是特地带着烂水果和臭鸡蛋来的。你知道为什么吗？因为他们知道会被冒犯，而且很期待被冒犯。听我说，艾姆-皮，戴维斯很聪明，又有野心。他的目标是成为下一个法里尼。"

"没人能成为大师法里尼。"艾姆-皮说道。

"戴维斯不会盲目行事，和大师法里尼一样，他像科学家那样分析事情。"

斯劳解释说，成功的经理人遵循两个娱乐原则，要么挑逗，要么冒犯。这是他从大师法里尼那里学来的。经理人通常选择一个原则来指导表演。但戴维斯简直就是天才，他把这两个原则结合在一起，一会儿挑逗，一会儿冒犯。

"我在野蛮祖鲁人身上没有看到任何挑逗的东西。"艾姆-皮说。

"我让你去看表演、去观察，但你从一开始就觉得恶心，所以根本没有用心看。从你给我描述的场景来看，他正是以挑逗观众开场。当观众们看到野蛮人用牙撕咬活鸡时，他们就被挑逗了，血脉偾张，极度兴奋。然后他又用粗鄙的性爱舞蹈冒犯他们。你看到观众们疯狂的眼神了吧？戴维斯简直是个不折不扣的天才。"

他们在沃斯街下车，向五点区走去。

"我不喜欢在户外表演。"艾姆-皮说。

"戴维斯的户外表演赚了很多钱，他不需要支付高昂的场地费用，他可以把节目搬到城里任何一个人多的地方。"

当他们离五点区只有几步远时，一股恶臭扑面而来，他们立刻看到了恶臭的源头——一匹死马躺在街上，一群苍蝇在尸体上空盘旋。尸体已经躺在那儿两天了，没人想着把它挪走。在纽约最糟糕的贫民窟，这样的事情时有发生。

两人绕过一洼脏水和一群哼哼着走向路边垃圾堆的猪。

"我觉得我们应该继续搞'友好祖鲁人'表演。"艾姆-皮说。说着话，两人回到了他们在桑树弯的廉价出租屋。

"说啥鬼话，艾姆-皮？"斯劳说，"鬼才想在美国看友好的祖鲁人！"

2

夸祖鲁——1878年12月
沉默者奥齐图雷雷

他的祖鲁同伴们叫他姆皮，说英语的人则叫他艾姆-皮，对于舌头不太灵活的人来说，叫他艾姆-皮比叫他姆皮耶津托姆比容易多了。姆皮耶津托姆比是他父亲给他取的名字，意思是"少女之战"，因为他父亲觉得，儿子这么英俊，肯定会引得女人们为他大打出手。当祖鲁同伴们一起喝啤酒，没有白人同事在场的时候，他们就吟诵部落赞美诗。他的全名是姆皮耶津托姆比·姆海兹，他以自己的名字为傲。他的父亲叫卡巴泽拉·卡玛沃沃，是西比塞德的后裔。几个世纪以前，西比塞德率领阿巴姆博人从非洲中部的蓝色湖泊出发，迁移到另一个地方，那个地方就是后来的夸祖鲁。十九世纪，沙卡国王用武力征服了这片区域，并将阿巴姆博人并入了祖鲁族。

姆皮吟诵赞歌时，他的同伴们像女人一样放声啸叫，这让他的思绪回到了那个古老的国家。在国王塞茨瓦约·卡姆潘德的王宫里，他曾与那里的年轻女孩们狂欢作乐。也正是这种行为使他身败名裂，不得不逃离故土。

他并没有提前谋划这次逃跑。深夜从翁迪尼出发时，他随身只带了长矛和盾牌。他不时把耳朵贴到地面上，仔细聆听地面的声音，祈求自己不会听到战友沉重的脚步声。如果有，那一定是塞茨瓦约国王派来捉拿他的军队战友的脚步声。

十二月，骄阳似火般炙烤着他的后背。他在灌木丛中迂回向前。很快，他就能走到开阔的草原上，那里湿热的气候会让他的皮肤感觉好受点。他时不时站在小山丘上往回看，确认没有人来追捕他之后，才敢松一口气。但是，只有在到达乌卡兰巴山脉，穿过河流，进入莱西国王的领地后，他才会感到安全，因为他想在那里寻求庇护。莱西国王的父亲莫修修以睿智和慷慨著称，他接纳过很多来自不同部落的流放者，建立起了强大的巴索托部落。或许他的儿子莱西国王继承了父亲的秉性，会救助卡巴泽拉的儿子姆皮耶津托姆比。他正在躲避狂怒的沉默者奥齐图雷雷的追捕。奥齐图雷雷是人们对国王塞茨瓦约的称呼。

姆皮耶津托姆比诅咒自己愚蠢的欲望，仿佛这欲望是某种独立于他之外的东西。

他时常在王宫中跟年轻姑娘们装傻充愣，插科打诨，逗她们开心，大快朵颐地享受姑娘们偷偷留给他的国王吃剩的美食。那时，一切都很美好。错就错在，他爱上了其中一个身材丰满、黄色皮肤的女孩诺玛兰佳。这是一种违背国王禁令的欲望，因为诺玛兰佳是国王后宫里的人。后宫里不仅住着国王众多的妻子和孩子，还住着被封臣当作礼物敬奉上来的，或者从杰出的臣子家选出来的服侍国王的女孩，这些女孩被视为国王的义女，诺玛兰佳就是其中之一。

当姆皮耶津托姆比翻山越岭、蹚水过河时，他后悔没有从约翰·唐恩那里偷一匹马。如果有一匹马，他在逃跑路上应该会舒服很多，而且应该也跑得更远了。约翰·唐恩，祖鲁族人叫他简托尼，即使少了一匹马，他也不会在意的，因为他曾夸口说自己有一群纯种马。即便他发现自己丢了一匹马，姆皮耶津托姆比那时也已不在国王的领地里了。

他最大的遗憾是辜负了沉默者当初对他的信任，那可是经年累月积累下来的信任。早在他还是个蹒跚学步的孩子时，他就经常坐在父亲的膝头，听父亲讲述自己为王国出生入死的故事，从那时起，这种信任就开始积累。虽然一开始他只对故事里的歌曲感兴趣，但在大约三岁的时候，他开始理解这些故事背后的意义，并渐渐使之成为自己生命的一部分。

他的父亲是国王丁格纳·卡森赞格纳麾下的伊拉巴军团中的一员，曾参与过刺杀布尔人大迁徙的领袖皮埃·雷蒂夫及其手下的行动。这次行动使伊拉巴军团名声大噪，他父亲为此感到骄傲和自豪。父亲兴致勃勃地向儿子讲述丁格纳最初是如何把大片土地分给皮埃·雷蒂夫，以及他的长老们是如何反对的。反对声最高的是恩图利族的酋长恩德拉·卡索姆皮斯，正是他做出了杀掉雷蒂夫的决定。

雷蒂夫和他的随从们被邀请到一个围场与国王会面，他们奉命把武器放在围场外面。当雷蒂夫与国王交谈时，伊拉巴军团的步兵唱着战歌进来了。姆皮耶津托姆比一直记得父亲在讲故事时唱的一个小节："我夸祖鲁的人 / 他进来了！/ 他大喊一声战争口号 / 他就进来了！"

每每唱到这里，他父亲都会激动得声音发颤。

战争口号"伊瓦 —— 瓦 —— 瓦 —— 瓦 —— 瓦"一响，伊拉巴军团的勇士就立刻扑向迁徙的布尔人，用棍子和圆头棒把他们打死。他们的黑人仆人也被打死了。所有的尸体都被扔进一个干沟，两岸坍塌的干沟成了一个巨大的乱葬坑。

作为功勋如此卓著的军团战士之子，姆皮耶津托姆比备受国王卡姆潘德和王子塞茨瓦约的重视，国王卡姆潘德的王位继承于国王丁格纳，并传位于王子塞茨瓦约。颂扬塞茨瓦约的赞美诗中有这样一句："这是沉默者，他不挑衅任何人。"

事实上，人们认为王子是一个从不主动挑起冲突的人。但是，如果有人胆敢激怒他，他会迅速还以致命一击。人们没有忘记，当他的兄弟们为继承权斗得你死我活时，他是多么冷酷无情。

六年前，姆皮耶津托姆比还是塞茨瓦约王子军团中的一员。那时，那个军团有一千五百名士兵。卡姆潘德国王死后不久，军团陪着王子从他所在的西部地区出发，去首都继承王位。这个军团已经做好了战斗的准备，以防其他王子节外生枝，认为自己比塞茨瓦约更合适做王位继承人。在姆皮耶津托姆比的记忆中，这是他经历过的最愉快的一次冒险。后宫的姑娘们一同随行，她们头上顶着所有的生活用品，愉快的歌声传到几英里外的群山，在山间回荡。战士们的颂歌声，他们坚实的脚掌踩地的声音，还有数百头公牛的怒吼声，也在群山间回响。偶尔会有几头牛从牛群中挣脱出来，发狂似的乱跑，牧童们不得不把它们追回来，这也给牧童带来了许多欢乐。驮着一袋袋高粱的牛乖乖地跟在后面，还有那些母牛，因为与小牛分开，乳房胀满，闷闷不乐地走在牛群末尾。

姆皮耶津托姆比最难忘的是狩猎。其中最盛大的莫过于因奇纳狩猎仪式，这是祖鲁人重要的大型仪式，也是清洁武器仪式的一部分。姆皮耶津托姆比和他的伙伴们必须用大羚羊和其他猎物的血来清洗他们的长矛，以消除卡姆潘德之死带来的厄运。在姆皮耶津托姆比看来，那天的因奇纳狩猎仪式顺利而圆满。作为其中一个捕猎小队的成员，他与伙伴们一起杀死了一头当地罕见的狮子。在捕猎过程中，姆皮耶津托姆比把长矛扎进了狮子的心脏，那头猛兽立刻就死了，所以，他的长矛是用狮血清洗过的。多年来，他一直以此次经历为傲。姆皮耶津托姆比的英勇行为让王储非常高兴，因为这预示着他将顺利继承王位。为此，他把姆皮耶津托姆比提升为军团团长。

王储塞茨瓦约说："我们都知道他父亲的伟大事迹，他父亲是伊拉巴军团的首领，曾带领军团杀死了皮埃·雷蒂夫。毋庸置疑，虎父无犬子啊。"

姆皮耶津托姆比在陡峭的乌卡兰巴山间梯山架壑。十二月，骄阳如炙，山间凉爽的微风让他获得片刻喘息。他瘦骨嶙峋、面容憔悴，看起来一点也不像曾被誉为"用狮血清洗长矛的人"，但他无心顾及这些，筋疲力尽的他仍得继续赶路，因为塞茨瓦约的手臂很长，长到可以伸到地球尽头。

他要逃离的那个人，正是他为之起舞的人。一八七三年九月一日，在漫长的王位继承之旅结束后，在姆兰邦温亚王宫，姆皮耶津托姆比率领他的军团，一面挥舞着盾牌和长矛，发出咔嗒咔嗒声，一面唱着国王颂歌："沉默者，一个不会挑衅任何人的人。"那天，纳塔尔省政府的地方事务秘书西奥菲勒斯·谢普斯通从彼得马里茨堡赶来，为塞茨瓦约成为祖鲁的新国王加冕，女人们号叫欢呼。彼得马里茨堡是白人给乌刚冈德洛乌①取的新名字。

搬到翁迪尼后，塞茨瓦约在那里建立了自己的王宫。当他忙于跟伊卡塔有关的事时，有四位武士亲信负责照顾他，姆皮耶津托姆比是其中之一。伊卡塔是一个用草、芦苇、柔韧的树枝和五颜六色的布编织而成的垫子，如同一件神圣的概念艺术作品。伊卡塔极受敬重，普通人甚至不能提及它。

伊卡塔被保存在恩卡塞尼。恩卡塞尼是位于宫殿中心的一间小屋，非常隐秘，只有国王、四名轮流照顾他的武

---

① 祖鲁王国历史上重要的首都，位于今南非夸祖鲁-纳塔尔省，涵盖彼得马里茨堡等地。——编注

士，以及一位德高望重的老妇人可以进入这间小屋。这位老妇人被指定为伊卡塔守护者。除此之外，其他人都不允许进入，甚至国王信任的长老、国王的兄弟、国王的妻子和孩子也不能进入恩卡塞尼。这里也保存着神圣的长矛，包括这个民族代代相传的因伦德拉。因伦德拉是一支带倒钩的神圣长矛，最初属于祖鲁国王沙卡·卡森赞格纳，后由历任国王传承至今。

当国王想要倾听自己的心声，也就是说，当他想沉思和反省时，他就到恩卡塞尼去，独自一人在伊卡塔上静坐。有重要的仪式时，伊卡塔就会从恩卡塞尼里被拿出来，国王会当众坐在上面。当他向人民宣告危及国家的重大事件，比如宣战，或宣布判处忤逆国王的贵族死刑时，他也会坐在伊卡塔上。

除此以外，在恩卡塞尼中，塞茨瓦约国王还会坐在伊卡塔上举行沐浴仪式。四个年轻人轮流去遥远的赫洛菲库鲁山里，用上釉的陶罐从一口井里取水回来供国王沐浴用。

姆皮耶津托姆比回想起他第一次见到诺玛兰佳的情景。那天，他刚从山上扛了一罐水回来，并已经按照恰当的比例把水和圣草混合在一起，制造出丰富的泡沫。沉默者光着身子坐在伊卡塔上，搓着身上的泡沫。当姆皮耶津托姆比拿着掸子往国王身上洒水时，他透过芦苇编织的门和门槛之间的缝隙好像看到了一个影子，但他没有理会，而是继续工作，影子很快消失了。当影子再次出现时，他找了个借口，说想去上厕所，然后跑了出去。他一打开门，就看到有三个姑娘朝不同的方向跑开，他跑去追其中一个。追上那个胖乎乎的姑娘后，他把她拖到一间小屋后面，她反抗道："你要干什么？我可什么都没做。"

那个姑娘就是诺玛兰佳，很明显她的名字是以太阳命名的，因为她有着明亮的肤色。

"所以，这是真的了……你们这些姑娘真会这样做？"姆皮耶津托姆比问道。

他听说淘气的姑娘们喜欢偷看国王洗澡，但这是他第一次当场逮住偷看的姑娘。

"我什么也没做。"她说。

"那你为什么要逃跑？"

"因为你要追我。"

他威胁说要去奥齐图雷雷那里告发她。她恳求他不要这么做，但一直面带微笑，好像她并不相信他真的会这么做似的。当然，他也不忍心，因为如果他真的那样做了，国王会严厉地惩罚这个姑娘，他后半辈子会在良心不安中度过。所以他只是站在那里，任由自己被姑娘调皮的微笑迷得神魂颠倒。

麻烦就是这样开始的，而且正是这个麻烦导致他落得现在的下场。他的每一次喷嚏声，每一次咳嗽声，都会在乌卡兰巴的悬崖和洞穴间回响。无论是谁，只要勾搭后宫的姑娘，都会让沉默者勃然大怒。尽管姆皮耶津托姆比不断提醒自己，他的战友们也警告过他好几次，他还是偷偷跟诺玛兰佳幽会了几次。

在峭壁上用烟熏出蜜蜂去获取蜂蜜时，从鸟窝里偷走鸟蛋时，或在挖树根、采摘浆果时，姆皮耶津托姆比偶尔会怀疑自己是否不应该这么做，或许他应该留下来承担后果。还有什么比失去诺玛兰佳更让人难过的呢？但理智告诉他，死刑！国王会判他死刑！王国将他提拔到如此显赫的地位上，而他却辜负了国王的信任。

他还记得自己曾向约翰·唐恩吐露过自己的秘密。约翰·唐恩是王宫的常客，可以自由出入后宫。他是塞茨瓦约的妹夫，有四十多个妻子，其中有几个就是前国王卡姆潘德的女儿。约翰·唐恩被人们称为简托尼，他的祖鲁语说得像母语一样好。他给后宫的女孩们讲故事：在大海的另一边，有个奇妙的世界叫伦敦，那里有维多利亚女王，人们乘坐由马拉的有轨马车。每个人都和他一样是白人，偶尔在街上可以看到少数黑人面孔，但他们可能是为白人主人办事的。听到这些，女孩们咯咯傻笑。他喜欢和后宫的姑娘们一起玩，他躺在树下，姑娘们给他端来高粱啤酒、马铃薯、草莓和烤野味。他绘声绘色地向她们描述都市铁路和地下电力火车，姑娘们都调侃他想象力丰富。

虽然简托尼结过很多次婚，但他的目光从未停止过游移。事实上，他有几个妻子就曾是塞茨瓦约后宫的姑娘。就是在类似这样的拜访中，简托尼发现并喜欢上了那些姑娘。每次看上哪个姑娘，他就委托几个人，带着成群的牛到沉默者那里向他的义女求婚。因为他是国王最喜欢的酋长，所以他总能如愿把他看上的姑娘带回去。

姆皮耶津托姆比羡慕他富足而放纵的生活。这个人可以来拜访他的姐夫，在这里一待就是一个月，消磨时间、吃吃喝喝、讲故事，晚上还会做一些不言自明的事情。而对于姆皮耶津托姆比来说，他只能独自躺在自己的小屋里幻想那些事情，自娱自乐。大家都知道，在国王的王宫里，只要简托尼愿意，他随时可以挑选后宫里的姑娘，似乎他就是国王。

如果厌倦了这种懒散的生活，他便骑马回到他在海边的住宅，和他那一半白人血统、一半印尼血统的妻子凯瑟琳，以及四十多位祖鲁妻子一起四处游玩。

姆皮耶津托姆比发誓，总有一天，他要过上像简托尼那样的生活。事实上，他即将成为简托尼那样的人。作为国王的军事首领之一,他在祖鲁族的神圣之地为国王服务,而这个神圣之地,甚至连简托尼也无法进入。要不了多久,沉默者一定会让他成为一名酋长。到那时,谁也阻止不了他做自己想做的事情。

简托尼劝姆皮耶津托姆比不要妄想得到后宫的女孩,尤其是诺玛兰佳,姆皮耶津托姆比很吃惊。简托尼告诉他,沉默者已经看上这个姑娘了,他可能会自己娶她,也可能把她当作奖励,赏给效忠的谋士、将军或酋长。他在等,等她再长大一点,成熟一点,然后再做最后的决定。简托尼谈论诺玛兰佳时的冷酷语气使姆皮耶津托姆比本能地感到恶心,就好像她只是一颗挂在最低树枝上的水果,等待路人采摘。他想起她那调皮的眼神,在他的心目中,她是一个有血有肉、幽默、热情的女人,而不是一个多汁的水果,任由出价最高的人买下并占有。他甚至怀疑,或许是简托尼自己想把诺玛兰佳据为己有。

姆皮耶津托姆比恨自己不是简托尼,没有像他那样的权力和影响力。他很着急,他如此深爱诺玛兰佳,而且从各种迹象来看,她也爱他。然而国王和那些男人就像秃鹫一样盘踞在高高的树枝上,虎视眈眈地盯着诺玛兰佳。姆皮耶津托姆比想要说服沉默者,让他相信,自己比任何人都更有资格向她求婚,甚至比国王更有资格。但早在他积累足够的影响力，达到一定的社会地位，有勇气向国王开口之前，"秃鹫"可能已经扑向诺玛兰佳了。

后来，诺玛兰佳被从白色宫殿调到了黑色宫殿。白色宫殿和黑色宫殿都在王宫里面，中间只隔着木栅栏。白色宫殿专供王室小孩和稍小一些的后宫女孩住。黑色宫殿主要是国王的私人住宅，他众多的妻子和母亲住在里面。这些母亲指的是国王父亲的遗孀。除此之外，精英女孩们也住在黑色宫殿里，她们居住的特殊小屋被称作乌姆德兰库姆。这些姑娘都是经过精挑细选的，职责是服侍国王的妻子和母亲，偶尔会充当国王的情人，满足他的生理欲望。国王是唯一能够自由出入黑色宫殿的男性。只有在开会时，他的长老和酋长们才被允许进入黑色宫殿，会议一结束，他们立马就得离开。未经允许，私自进入黑色宫殿的男性可能会被处以死刑。

在黑色宫殿里，国王住的四方形房子是由改信基督教的信徒们建造的，墙是用晒干的砖块垒起来的，屋顶上盖着茅草，其他建筑装饰材料，如玻璃窗、门，甚至墙上的镜子，都是由来自挪威的牧师提供的。国王的这座房子叫黑房子，一共有四间屋子，其中一间是国王用来会见长老和酋长的。除了其他任务，诺玛兰佳还被派去打扫国王的这座房子，包括那间会议厅。国王经常在那里踱步，思考国家大事。到了晚上，两个姑娘负责看守黑房子，并保管黑房子的钥匙，而国王则睡在自己独立的圆顶草棚里。

黑色宫殿有三扇门，其中一扇门供国王、国王的仆人，以及后宫的姑娘们进出，一扇门供国王的生母专用，国王的生母死后，则由前一任国王最年长的妻子使用，还有一扇门供国王其他的妻子和母亲们进出。

在两个守门姑娘的默许下，姆皮耶津托姆比从只有国王才能走的那扇门溜进黑色宫殿，并在那里与诺玛兰佳幽会。四个年轻人冒着生命危险做这些事情。曾经，有姑娘因为犯下比这更轻的罪行被处死过。例如，有人说，国王曾下令处决两个姑娘，只因她们未能为建造黑色宫殿的泥瓦匠提供饭食。还有一些男人，因为被抓到与国王的妻子有来往，就被带到乌姆弗洛兹河岸边的刑场。在那里，强壮的男人拧断了他们的脖子。

为了诺玛兰佳，冒险也值得。

一天下午，一阵芦苇笛声将姆皮耶津托姆比从沉思中惊醒。这笛声沉寂了整整一年，现在再次响起，必然非同小可。姆皮耶津托姆比立刻意识到，新的一年即将到来。国王已经品尝过新收成，现在民众也可以吃当季的新鲜粮食了。姆皮耶津托姆比离开营房，和其他战士一起庆祝，他们一起跳舞，一起参与在河里举行的集体沐浴等仪式。他们的营房由几座圆顶草屋组成，与白色宫殿之间隔着栅栏。

这是一个非常重要的节日，白人传教士来了，约翰·唐恩也来了。因为约翰·唐恩肤色白皙，不明真相的村民也称他为牧师。所有的白人都和沉默者坐在一起，享用他最喜欢的食物：凝乳、山葵、野菠菜、烤肉和高粱啤酒。一年中，唯有在这个时候，人们才能在国王吃饭时说话。通常情况下，国王吃饭时，整个王宫都必须保持安静。他的侍从会在王宫巡逻并高喊："严禁触摸！严禁打扰！国王在进餐！"在侍从宣布国王吃到心满意足前，人们甚至不能咳嗽。但今天，因为有白人在场，所以情况有所不同。在沉默者和他的客人们狼吞虎咽时，人们可以说笑，甚至可以咳嗽。

姆皮耶津托姆比明白，白人们来庆祝节日，表面上是和国王一起享受初熟之果，向国王表示敬意，但他们来主要是为了说服国王接受巴特尔·弗雷爵士的通牒。十二月初，弗雷爵士发出最后通牒，要求塞茨瓦约国王解除武装，否则英国就要发动战争。白人给出的理由是，国王的士兵经常越过乌图卡拉河，杀死居住在纳塔尔边境的英属居民。国王当然知道，白人实际是想遏制祖鲁族的军事力量。他告诉简托尼和传教士们，他是国王，而弗雷只是英国负责南部非洲事务的高级专员，是英国君主的仆人，而仆人不能给他——一位国王下最后通牒。他也这样答复了弗雷的信使。

这个消息让姆皮耶津托姆比和他的同伴都兴奋无比。没有战争，战士们焦躁不安，他们的长矛和步枪早就渴望品尝英国人的鲜血了。

日落时分，狂欢结束了。传教士们骑马返回他们的传教站，简托尼则回到客房。在那里，后宫的姑娘们继续为他献上美食，如果白天的饮酒狂欢还没有耗尽他的体力的话，她们还会为他献上自己的身体。

宴席结束后，国王首先去了恩卡塞尼，坐在伊卡塔垫子上与祖先的灵魂交流。然后，他就回到了自己的房间。根据传统，今晚他要斋戒、独自就寝，不能接触女人。

晚上，姆皮耶津托姆比偷偷潜藏在国王房间的门口附近，那里是离黑房子最近的地方。听到熟悉的口哨声，他径直走进大门，大摇大摆地朝黑房子走去。他这样明目张胆，任谁躲在暗处看到，都会以为他去那儿是有正经差事要办。姆皮耶津托姆比看到诺玛兰佳在门外等着他，但管钥匙的姑娘却不见踪影。他心想，她们肯定是被欢乐的节日气氛冲昏了头，忘记看守黑房子的职责了。如此，这对情人便可趁机躲到房子附近的灌木丛后幽会。

"我们得私奔，"姆皮耶津托姆比说，"但不是现在，等战争一结束，我们就走。我还要尝尝与英国人真正干仗的滋味。"

"用狮血清洗长矛的英雄现在想用白人的血来洗矛了？"

"这是我的矛刃应得的。"姆皮耶津托姆比自我吹嘘道。

"你怎么知道你会活着回来？"诺玛兰佳咯咯地笑问道。

"没有哪个战士上战场是为了去送死的。"

姆皮耶津托姆比等着她的回应。见诺玛兰佳没有回应他，他用肘部轻轻碰了碰她，说："我不会让沉默者把你送给任何人，也不能让他把你据为己有。我们必须私奔。"

"我们不能私奔，"诺玛兰佳说，"那样做会使我父亲蒙羞。"

姆皮耶津托姆比完全明白她的意思。后宫里的姑娘们都是祖鲁贵族和军事将领们的女儿，国王看上她们，她们的父母就不得不把她们献给国王。对于她们的父母来说，与女儿分别是一件悲伤的事，但同时也是一种莫大的荣誉。但如果她与别的男人私奔了，这不仅是她的耻辱，也会是她父母的耻辱。诺玛兰佳肯定不想做任何让她父亲丢脸，或危及父亲生命的事情。无人知道沉默者会以何种方式表达他的愤怒。

姆皮耶津托姆比突然对诺玛兰佳嘘了一声，他觉得好像听到了女人的声音，从国王的小屋那边传来。

"沉默者今晚不是应该在斋戒吗？"姆皮耶津托姆比小声问道。

"也许是国王的母亲们。"诺玛兰佳说，"她们要在他斋戒的时候守在他的小屋外。"

"没有哪个女人在国王的小屋外守着。我等你这么长时间，一个人也没看见。"

女人说话的声音越来越大，其中还夹杂着国王的声音，姆皮耶津托姆比惊慌失措。他本以为黑色宫殿的其他姑娘这个时候已经都睡了。他让诺玛兰佳平躺在灌木丛中，自己溜出去看看情况。

他看见两个后宫姑娘拿着毛瑟枪守卫着国王。国王穿着一件黑色大衣，衣服袖口和衣领上饰有红边，头上戴着一顶黑色帽子，脚上穿着一双黑色鞋子。他只有在上厕所时才会穿这种特殊的服装。厕所在土丘上，四周围着芦苇编成的网格状栅栏。每次去上厕所，他都会假扮成英国军官。他在里面解决问题时，两个姑娘守在厕所入口，负责警戒。

姆皮耶津托姆比对此感到惊讶，国王以前从来没让女人当过守卫。通常，国王只有在斋戒时才需要母亲们护卫，而且她们不带武器。让姑娘们持枪，估计是因为祖鲁与英国即将开战的传言，形势所迫。年龄大一些的后宫姑娘被称为阿马基基兹，她们组成军团，并学会了使用火枪，诺玛兰佳就是其中之一。她告诉姆皮耶津托姆比，她们是国王新的家园保卫队。相较于男性守卫，国王更信任她们。

姆皮耶津托姆比不小心被一块石头绊倒了。当他试图爬回诺玛兰佳身边时，守卫发现了他。

"谁在那里？"一名守卫喊道。

他确信这名守卫肯定看见他了，但希望她不要认出他来。这时，沉默者正站在网格状栅栏门口，姆皮耶津托姆比别无选择，只能逃跑。他猛地推开门，国王大喊道："我看见你了，卡巴泽拉的儿子。这么晚了，你在黑房子里搞什么巫术？"

姆皮耶津托姆比怪此时的月亮太亮，让国王认出了他。当然，在伊卡塔仪式上，他是负责往国王身上洒圣水的战士之一，仅凭侧影，沉默者就能认出他来。

除了经常随身携带的长矛和盾牌，姆皮耶津托姆比什么都没拿就逃之夭夭了。他确信，第二天早上，国王一定会传唤他，甚至会派遣武装护卫押送他去面见自己。但到那时，他早就无迹可寻了。任何想要对国王施以巫术的人都会被严惩，所以用狮血清洗长矛的勇士只得逃跑，就像被无情的狂风吹走的羽毛一般，他放弃了战士的舒适生活，放弃了同伴和君主给予他的敬重与荣誉。

人们越来越意识到，夸祖鲁很有可能与英国开战。于是，和其他军团一样，姆皮耶津托姆比的军团刻苦训练，进行各种演习。当他穿过山谷，爬上山丘时，他为自己将错过这场战争，错过杀死英国人、在军团中脱颖而出的机会感到悔恨不已。

他希望诺玛兰佳足够聪明，一直静静地躺在那里，等沉默者回到小屋，一切都恢复平静了，再偷偷溜回乌姆德兰库姆。这样就没人会发现她，沉默者也永远不会知道，姆皮耶津托姆比把他的黑房子变成了幽会的地方。就让国王相信，是姆皮耶津托姆比一个人在那里搞巫术吧，让他召唤最好的巫医、占卜师和萨满来摧毁姆皮耶津托姆比可能在黑房子里埋下的魔法毒药吧。

3

伦敦市——1880年4月
大师法里尼

艾姆-皮站在利物浦的码头,手里提着一个麻袋,里面装着他所有的家当:用作远航干粮的咸肉和硬饼干。他的同事,除了剧团里唯一的白人斯劳之外,其他人都对外宣称是祖鲁人,他们都拿着与艾姆-皮一样的麻袋。码头上还有一群爱尔兰人,为即将移民美国兴奋不已。站在这群闹哄哄的人中间,艾姆-皮和他的伙伴们看起来惶恐不安。

演出队得坐统舱,所以他们一点也不期待这次航行。他们中的大多数人曾经历过这样的航行。差不多一年前,他们就曾坐统舱从开普敦到伦敦。艾姆-皮还记得,在那次航行中,因为晕船,他吐了好几次,他希望这次不会再晕船了,想必现在他的身体一定已经适应了海上旅行的艰辛。

值得庆幸的是，听说从利物浦到纽约的航程比从开普敦到伦敦要短得多，这艘铁制蒸汽船只需要十天左右即可抵达目的地。

他扫视人群，却没有搜寻到大师法里尼的身影。踏板已降到码头，但只有房舱乘客登船，也许大师法里尼已经在头等舱里舒舒服服地休息了吧。

"为什么拉着个脸？这可是重要时刻啊，老爹。"

站在他旁边的斯劳一边咧着嘴笑，一边嚼着薯片。艾姆-皮喜欢斯劳的全名，切斯劳·特泽特泽列夫斯卡。和姆皮耶津托姆比一样，斯劳的全名对于说英语的懒人来说很拗口，所以他们就叫他斯劳。然而，大师法里尼却掌握了说斯劳全名的技巧，并喜欢叫他特泽特泽列夫斯卡先生。艾姆-皮不明白，为什么大师法里尼从未花心思去掌握他的全名——姆皮耶津托姆比的发音技巧。他也曾提到过这个问题，但当时大师法里尼只是看着他，摇了摇头，轻哼了一声。艾姆-皮只得放弃努力，勉强接受自己的名字被迫堕落的事实[①]。自那以后，他接受了许多别的东西，起初还很勉强，但渐渐地，这些东西变成了他身份的一部分。

---

① 艾姆-皮（Em-Pee），pee在英文中是小便的意思，白人对其名字的简化令他从一个少女争抢的对象变成小便。——译注

而且从那以后，他学会了接受并喜欢艾姆-皮这个名字。

"菲尼亚斯·泰勒·巴纳姆的马戏团演出是世界上最盛大的演出。"斯劳说道。

"我知道。"艾姆-皮说。

斯劳盯着他，好奇他为什么没有表现出丝毫兴奋。

"我们会参加这个演出，老爹。我们将参与世界上最盛大的演出。"

自从加入大师法里尼的团队，体验了表演的刺激后，斯劳最大的梦想就是去美国。是艾姆-皮把他从露宿街头的困境中拯救出来，并改变了他的生活。在此之前，斯劳从来没有过什么野心，更没想过有一天他会加入马戏团，彼时，他只想做个街头骗子。

对艾姆-皮来说，世界上最盛大的表演毫无意义。他听说过很多关于马戏团表演的事，但从未想过自己会当马戏团演员，在一个有着巨大的华盖、小丑、空中飞人、动物表演和棉花糖的正规马戏团里演出。他，以及一群据称是从非洲引进的"祖鲁人"将要为大师法里尼表演的舞蹈并不算是马戏表演。老板称他们为"人种奇观秀"，一些没文化的经理人称之为"畸形秀"。类似"霍屯督维纳斯①之女"就是"畸形秀"的展品之一。"霍屯督维纳斯之女"实际上是一个年轻的科伊族女孩，有着硕大的屁股和丰满下垂的乳房，她是在好望角的荒野中被白人抓来的。从手绘海报中可以看出，观众喜欢她是因为她与以前的"霍屯督维纳斯"萨拉·巴特曼有着相似的外貌。当时有传言说，这个科伊族女孩就是巴特曼的亲生女儿。大师法里尼当然不会错过这个可以为自己的生意造势的噱头。可问题是，巴特曼于一八一五年死在了巴黎，时年二十五岁，在六十四年后的一八七九年，她怎么可能在伦敦有一个十八岁的女儿呢？可伦敦人却从未质疑过这一点。

在法里尼的展览中，与其他展品不同的是，"霍屯督维纳斯之女"不需要强迫自己做出扭曲怪异的动作，她只需站在椅子上就行了，但她全身赤裸，仅在腰间挂着一串贝壳。观众们排队去看她的丰臀、肥腿，以及垂在两腿之间的小阴唇。与此同时，还有人为观众解说有关脂肪臀的知识。据说，这是南部非洲土著妇女的一种遗传性疾病，

---

① 1810年，非洲科伊族女性萨拉·巴特曼因奇特的身体特征被侵略者诱骗至欧洲，以"霍屯督维纳斯"之名在伦敦和巴黎的"人类动物园"中公开展示，被迫裸露身体供人猎奇观赏。她去世后，遗体被制成标本，器官和骨骼长期陈列于巴黎的人类博物馆，直到2002年才在南非政府的要求下归国安葬。——编注

这种遗传病会使她们拥有超大的生殖器和臀部。大师法里尼非常重视人种知识的教育普及，他所有的演出都有关于表演者的来源地及其文化的演讲。一些认真的观众仔细地观察这个女人的身体部位，一边做笔记，一边画草图。大师法里尼要求观众注重礼貌，尊重女性隐私，禁止触碰她。在"霍屯督维纳斯之女"站立的椅子支脚边有一块标牌，上面写着：不要触摸展品。

对于像斯劳这样喜欢冒险的人来说，这趟旅程或许是他翘首以盼的。但对艾姆-皮来说，离开英国海岸却让他有一种莫可名状的伤感。也许是因为这次航行会让他离开普敦越来越远，也让他离夸祖鲁越来越远，而他却无时无刻不渴望回到故乡。虽然在他的民族有这样一个说法——罪行一旦犯下，就不会消失。但一年是很长的一段时间，在这一年里发生了很多事情，他的族人应该已经原谅他了。

罪行不会消失，他逃避犯罪后果的记忆也不会消失。这件事留下的记忆如此清晰，几乎就像是上个月才发生的一样。差不多在两年前，他爬高山，下悬崖，跨越崇山峻岭，穿越深邃的峡谷，蹚过满溢的河流，穿过浓密的草甸和干旱的荒地。一路上，鸟鸣声、在河里沐浴和洗衣服的少女们的欢歌笑语声，互相应和，如同挽歌一般，让他心醉。离开如诗如画的翁迪尼，他一路向南，数月之后，他终于到达熙熙攘攘、冷漠无情的开普敦。一路上，他靠树根和老鼠肉果腹，偶尔会得到陌生人善意的施舍。运气好的时候，他还能搭上商人的大篷马车，作为报答，他会帮善良的商人干点活。他曾在卡鲁高原帮人家采摘过梨，也曾帮人给美利诺羊剪过羊毛。每次回想起自己两次从凶悍的劫匪手中逃生的经历，他都禁不住哈哈大笑。有一次，他遇到了两个劫匪，他拿长矛与他们搏斗，最后把劫匪打得落荒而逃。但第二次遇到劫匪时，他逃到山里去了，因为那次匪徒太多，他一个人对付不了。

来到这个海边大城市开普敦，艾姆-皮曾一度露宿街头，那时，他在隆德伯西花园做零工。后来，一个收容所雇了他，让他负责给收容所打扫卫生和做饭。那个收容所是哈利路亚传教队队长办的。这个传教队是最近才创建的，创建者是来自英格兰的威廉和凯瑟琳·布斯，传教队的宗旨是："以基督之名，助人无类。"他们穿着红黑色军装，沿街唱歌、打鼓、吹小号、跳舞、布道，还向人们提供食物。传教队吸引了许多追随者，特别是那些穷困潦倒、饥肠辘辘的人。一些认识退伍士兵的人嘲笑传教队的制服、肩章，以及他们佯装军人的行为。传教士们却无视这种嘲笑，他们宣称自己是救世军人。

姆皮耶津托姆比干活尽心尽力，队长非常喜欢他，决定全职雇用他。队长在后院给他安排了一个房间，还给了他一些教徒不穿的旧衣服。所以，姆皮耶津托姆比把自己穿的传统伊比舒①和黑斑羚毛皮斗篷扔了，换上了队长给他的棕色马裤、褶裥围兜套头衫和松紧带靴子，昂首阔步地走来走去。

队长发现姆皮耶津托姆比很有语言天赋，于是鼓励他去码头上夜校，那个夜校也是传教队经营的。几个月后，尽管姆皮耶津托姆比在英语写作方面进步不大，但他已经能阅读和理解基础的英语了。队长鼓励姆皮耶津托姆比阅读他自己订的《开普阿格斯报》。以往，队长读完这些报纸后，会用麻绳把报纸捆起来，堆在废弃的地下室里积灰发霉。

主人一家喧闹无比、兴奋异常，姆皮耶津托姆比·姆海兹很快得知，夸祖鲁发生了大事。通讯社从纳塔尔带回消息：英布战争一触即发。《开普阿格斯报》日益鲜明的自由主义立场使队长感到很失望，因为该报社公开宣扬种族融合，所以队长后来成了周报《兰登报》的热心读者，该报支持帝国主义。姆皮耶津托姆比很喜欢这个报纸，因为上面有反对自由主义者的讽刺漫画，非常有趣。

---

① 一种祖鲁族传统服饰。——译注

也就是从《兰登报》上，姆皮耶津托姆比得知祖鲁人在伊珊德瓦纳战役中获胜的消息。后来他又向主人以及夜校的老师和同学求证了这个消息的真实性。他把一个个故事拼凑在一起，在想象中重现了这场战役，仿佛自己亲身经历过一样。那一刻，他感到很后悔，后悔自己那时不该儿女情长，一心想得到诺玛兰佳，却失去了消灭英国人、共享战功的机会。

纳塔尔省的英国殖民者最终发动了侵略，他们越过乌图卡拉河，进攻祖鲁王国。姆皮耶津托姆比记得，在他逃离翁迪尼之前，巴特尔·弗雷爵士就已经给国王塞茨瓦约·卡姆潘德下了荒唐的最后通牒。来自大洋彼岸的弗雷爵士是英国负责南部非洲事务的高级专员，代表伟大的白人女王。姆皮耶津托姆比知道，国王一定没有理会弗雷爵士的通牒，但姆皮耶津托姆比没想到，英国人真的会侵犯他的族人，他们真是愚蠢至极。

切姆斯福德勋爵中将率领英国红衫军进入祖鲁王国，他们一路上毁坏庄稼，屠杀牲畜，造成了严重的破坏。妇女和儿童都逃到山上去了，男人除了年老体弱的，其余的都加入了军团。

一向开明的《开普阿格斯报》报道了这次侵略战争，并刊登了一篇塞茨瓦约国王对他的士兵做的演讲，演讲内容是由当时在场的人回忆并记录的。国王哀伤地说："我没有去海的那一边寻找白人，但他们却进入了我的国家。他们抢走了我们的妻子，毁坏了我们的庄稼，杀掉了我们的牲畜，夺走了我们的土地，我一点也不感到意外。只是，我跟白人无冤无仇，我不知道他们为什么要找上我。我该怎么办？"

读到这些话时，姆皮耶津托姆比深深地叹了口气，一滴眼泪从他脸颊上滑落，他努力睁大视线模糊的双眼，不让泪水继续往外涌。看到报纸上说，祖鲁女人像牲畜和土地一样被带走和强占，他非常担心诺玛兰佳。他安慰自己说没事，她决不会让人把她带走的。他想知道她可能会在哪里。她是王宫里的姑娘，她配有毛瑟枪，是国王的贴身保镖。难道塞茨瓦约国王会派她们去打仗吗？他记得，诺玛兰佳是个烈性子，如果有英国士兵想绑架她，她肯定会殊死抵抗。

一八七九年一月二十二日，也就是英国的红衫军与塞茨瓦约的军队对峙的第十一天，恩辛瓦约·卡马霍尔·霍扎将军被任命为祖鲁军队的最高指挥。姆皮耶津托姆比对这位将军心存敬畏，因为他曾经指导过姆皮耶津托姆比晋升军职。

姆皮耶津托姆比知道，如果他没有犯罪，没有逃离自己的国家，此时的他肯定也正率领着一个军团与英军战斗。事实确实如此，他的一个伙伴，曾经在他麾下的马弗蒙格瓦纳·坎德拉，在战争中带领军队给了切姆斯福德装备精良的军队致命的一击，因此获得了巨大的荣耀。

也正是在那一天，大英帝国在伊珊德瓦纳战役中惨败。两万名祖鲁士兵，只配备了牛皮盾牌、短矛和几支滑膛枪，却摧毁了拥有一千八百名士兵，配备了马提尼-亨利后膛枪、野战炮和黑尔火箭炮等最新武器的红衫军。那一日，有一千三百多名红衣士兵被消灭，其余的都逃跑了。姆皮耶津托姆比绘声绘色地向他的同学们描述了这场战争的细节，就好像他自己亲身经历过一样。毕竟，他曾是军队领导层中的一员，为抵御英军进攻进行过军事演习。也正因如此，错过这场战争让他痛心疾首，而这一切都是因为诺玛兰佳。

同学们对姆皮耶津托姆比的故事不以为然。这场战斗发生时他已经在开普敦了，怎么会知道这么多细节呢？他甚至还讲到了英国人逃跑后的场景，他确实是一个想象力丰富的人。对于这一点，他的同学们一点也不惊讶。毕竟，他已经学会用英语阅读和书写，并且口语非常流利，以至于年迈的哈利路亚传教队队长有事或身体不舒服时，就会让他替自己上课。

也就是在帮队长代课的课堂上，姆皮耶津托姆比表演了这场战斗，他喊出了让热血沸腾的英国战士不寒而栗的战争口号，跳起了胜利之舞。有时表演进行到一半时，老师就回来了，但老师没有阻止他，而是和同学们一起观看，直到他的表演结束。他们都为他鼓掌。然后，老师也会加入学生们的辩论，探讨塞茨瓦约没有越过纳塔尔河追击英军的做法是否正确。国王明令禁止自己的军队进入已被英国占领的地方，所以强大的祖鲁军队只能止步河边。这让姆皮耶津托姆比感到无比痛心。他知道，他的战友们，尤其是马弗蒙格瓦纳·坎德拉，肯定会力劝国王乘胜追击，直捣英国人的殖民地和农场，铲除切姆斯福德的武装部队，把原属于祖鲁王国的土地夺回来。

"英国人并没有从英国带来任何土地，"姆皮耶津托姆比说，"你们所谓的纳塔尔的每一寸土地曾经都属于我的祖先。"

"塞茨瓦约很明智。"老师说道。他用英语的变体称呼祖鲁国王。"这是一种帝王的姿态，就连《开普阿格斯报》上也这么说。国王严禁手下入侵纳塔尔，是争取和平、与我们建立睦邻友好关系的唯一途径。如果他侵犯边界，情况会更糟。那将会是他的祖鲁王国的末日。"

这位教师虽然是一个开明的人，但作为不折不扣的英国人，他认为英国占据纳塔尔是正当合法的行为，可姆皮耶津托姆比是祖鲁人啊。

"我们为什么要求和呢？我们赢得了战争，我们应该拿走战利品，何况这些土地原本就是属于我们的。"

"你们没有赢得一场战争，你们只赢得了一次战斗。显然，塞茨瓦约永远比你聪明。这就是为什么他是国王，而你却在这千里之外的码头谋生。"

姆皮耶津托姆比沉默了，老师似乎被他的愠怒逗乐了。老师继续讲自己的课。此后好些天，姆皮耶津托姆比一直很沉默，直到有一天下课后，老师把他叫到讲台前，给他看了前一天的《开普阿格斯报》。报上说，威廉·亨特回来了。老师解释说，威廉·亨特是一个加拿大人，曾因为走钢丝穿越尼亚加拉瀑布而出名。那时，他是一名空中飞人演员，他所在的团队名叫"飞翔的法里尼"，这个团队曾去过许多国家表演杂技。退休后，威廉·亨特不再做演员，他成了一名成功的经理人，自称"大师法里尼"。他曾在伦敦策划过最精彩的、令观众们惊叹不已的人种展演，他去过卡拉哈里沙漠，并在那里发现了著名的"失落之城"亚特兰蒂斯，他还从卡拉哈里沙漠带回了一个布须曼人家庭，并把这些人当作展品，在他的原始种族展览上展出。他很想找几个祖鲁人，也就是打败了世界上最强大军队的塞茨瓦约战士，把他们带到伦敦去。

"如果想找上过伊珊德瓦纳战场的人，最好去夸祖鲁找。"姆皮耶津托姆比说。

"你就是从那儿来的，"老师说，"你可以帮这个人的忙，也许还可以挣几个钱。"

这位老师没花什么工夫就在克莱蒙特的寄宿公寓里找到了大师法里尼。姆皮耶津托姆比为大师法里尼独特的外表所震撼。他与姆皮耶津托姆比在开普敦或夸祖鲁老家见过的所有白人都不同，他一定是四十出头的年纪，打过蜡的胡子又黑又长，像两支铅笔横在脸的两侧，看起来很威严。他一身黑，黑色西装、黑色斗篷、黑色礼帽，像一个刚从吸血鬼瓦涅爵士的故事里走出来的怪人。

听了姆皮耶津托姆比的故事，大师法里尼很是兴奋，因为姆皮耶津托姆比正是他要找的人。姆皮耶津托姆比第一次知道，因为打败了英国军队，塞茨瓦约如今在英国家喻户晓。他完全不能理解这一点。英国人真是奇怪，他们怎么会传扬自己的失败呢？法里尼解释说，英国人钦佩勇敢的人。一群来自原始社会的祖鲁人边唱歌边跳战争之舞，一定会大受欢迎，而且演员也会挣到很多钱。

没费多大工夫，大师法里尼就说服姆皮耶津托姆比加入了自己的团队。不仅如此，法里尼还从夜校招募了另外四名码头工人。有些人不是祖鲁人也没关系,因为英国人也不知道他们与祖鲁人有什么不同。

一八七九年三月,他们乘坐统舱,航行了大约两个月才到达英国。一路上,在不晕船的时候,姆皮耶津托姆比就教那些人如何让自己看起来像祖鲁人。他还按照法里尼的指示,花了很多时间反复给自己洗脑,让自己相信,自己确实亲身在伊珊德瓦纳战场上战斗过,他用长矛刺死了几名英国士兵,不仅如此,他还是一位祖鲁王子,是塞茨瓦约国王的儿子。

姆皮耶津托姆比逃跑时带出来的长矛和盾牌派上了用场。

* * *

斯劳、艾姆-皮和其他队员都住在统舱里。艾姆-皮的长矛和盾牌,表演要用的鼓,用虎皮、豹皮以及鸵鸟和孔雀的羽毛做的演出服,还有表演要用的其他随身道具都被打包在一起,放在轮船货舱里。箱子里有很多长矛,是法里尼在伦敦找铁匠锻造的,供另外几个"祖鲁人"用。箱子里还放着演员们的盾牌,这些盾牌是他们用从屠宰场买来的牛皮和从胶厂买来的马皮自己做的。

这些人中有两个是科萨人，另一个是奥万博人，还有一个人叫萨姆森，他是唯一声称跟祖鲁血统有点关系的人。但这些早已无关紧要，因为他们已经以祖鲁人的身份在一起生活一年了，他们都是祖鲁人。在观众面前，他们是祖鲁人，甚至在私下，他们也以祖鲁人身份相处。也许有一天，当他们真的有机会回到非洲时，他们才会恢复各自的种族身份。一直以来，在艾姆-皮的领导下，他们紧密团结在一起。艾姆-皮获得这样的地位，自然是因为他是一名真正的塞茨瓦约武士和假王子，而且他会英语，很了解如何与白人打交道。

在统舱里，祖鲁人穿着卡其布制服，挤在长桌旁边的草垫上。长桌把统舱靠前的空间分隔成两部分，前半部分是单身男子的铺位，后半部分的铺位专供以家庭为单位的乘客。舱尾是单身女性的铺位。

爱尔兰移民霸占了几乎所有铺位，还不放心地盯着祖鲁人，祖鲁人也不动声色地盯着他们。这些移民大多数是男性，但也有很多家庭，基本都是丈夫和妻子带着孩子一起，当然也有一些单身女人。那些单身女人一开始都是独自一人，但现在有些女人已与统舱里的单身男性结成临时伴侣，或者与一群无赖一起喝朗姆酒，寻欢作乐。

航行的头两天，祖鲁人都很高兴，因为终于不用演出，可以休息一下了。他们懒散地躺在垫子上，听着爱尔兰人边喝酒边唱歌，偶尔会啃一口干粮，好不惬意。但现在，他们渴望活动一下自己的双腿，因为统舱过于狭窄，他们几乎要窒息了。

* * *

说演出繁忙，那都是轻描淡写了。起初，他们每天只在伦敦市中心的皇家威斯敏斯特水族馆表演一次。水族馆的屋顶是玻璃做的，老主顾们亲切地称这个水族馆为"阿克水族馆"。在那里，成千上万的观众蜂拥而至，观看他们最喜欢的表演，比如真人炮弹演出就很精彩。法里尼站在那里，身着哥特式服装，披着斗篷，留着邪魅的胡须。伴随着鼓声和号角声，他亲自点燃炮引，把貌美的扎泽尔从大炮里射出来，大炮会把扎泽尔射到大厅对面的网兜里，这网兜也是法里尼自己发明的。实际上，法里尼声称，整个真人炮弹表演都是他独创的。当扎泽尔从观众席上方飞越而过时，人群沸腾了，男人们脱帽致敬，女人们兴奋尖叫。

还有另外一些令人震惊的人类和非人类的畸形秀与展览。例如，有一对连体女孩，她们是法里尼从北卡罗来纳州引进的非裔美国连体双胞胎。她们唱着和声，跳着笨拙的快步舞，这个节目被称为"双头夜莺"。展出的有来自非洲森林的令人生畏的大猩猩、滑稽的侏儒，以及"霍屯督维纳斯之女"，加上祖鲁人表演，这些都是最受观众欢迎的。

大师法里尼阔步走上舞台，大声宣布："女士们、先生们，即将开始的是今天的压轴戏，凶猛的祖鲁人！没错，他们就是伊珊德瓦纳战役的战士，他们在野蛮国王塞茨瓦约的领导下，杀死了八百名大英帝国的勇士！"

如今，塞茨瓦约在英国已经是个名人了，一提到他的名字，观众们立刻发出热烈的欢呼声和憎恨的嘘声。

观众发出的声音就是信号，一听到这些声音，艾姆－皮立刻把他的祖鲁人同伴带上舞台，他们号叫，踢腿，在地上翻滚，眼珠乱转，龇着用深红色染料染过的"血淋淋"的牙齿，抖动被染得血红的舌头。伴着疯狂的鼓声，他们嘶吼着令人毛骨悚然的战歌。成千上万的观众都怔住了，他们害怕得连连后退。有时祖鲁人会跳下舞台，冲向观众席，挥舞着盾牌和长矛，观众们惊恐地缩成一团。有些男士身边带着女士，每到这时，这些男士就会表现得极具男子气概。他们会摆出一副战斗的姿态，表明如果野蛮人胆敢攻击他们，他们会随时反击。

　　艾姆－皮对这种表演厌恶至极。最初，也就是在从开普敦到英国的航程中，他在统舱里教演员们跳的是真正的祖鲁舞，这种舞蹈有节奏、有秩序，编排也很优美。虽然他教的舞蹈中也有用力跺脚和猛烈倒地的动作，但这些动作都是以一种优雅而从容的方式展现出来的。可是舞蹈动作不够野蛮，英国观众是不会买账的，所以大师法里尼希望他们像野蛮人一样尖叫、跳跃，以无序、嘈杂和混乱的方式表演舞蹈。

　　尽管艾姆－皮不高兴，也很不情愿，但大师法里尼是发工资的人，所以什么都得听法里尼的，他得按照法里尼的要求来。有时候，演员们会偷偷加入他们各自部落的舞蹈动作，可一旦发现舞姿变得优美，法里尼就会警告他们："你们不能跳得那么优美，你们是野蛮人啊，你们的一切都必须是丑陋不堪的，否则观众就不会愿意看你们的表演了。"

　　对于观众来说，祖鲁人的舞蹈代表了真正的非洲，非洲就是野蛮食人族的中心，祖鲁人就是神话中的野兽。在遥远的异国他乡，英国人的儿子们和父亲们就是被这些野兽残忍杀害的。但是现在，大师法里尼把他们带到英国人面前，迫使英国人不得不面对这群怪物。这位出色的经理人就像一位教育家，在表演开始前，他昂首阔步地走上舞台，绘声绘色地宣读一封据说来自纳塔尔土著事务秘书西奥菲勒斯·谢普斯通爵士的信。谢普斯通爵士在信中证实，作为女王陛下的仆人，他找来了这些真正的祖鲁人，由大师法里尼代为监管，而且其中一个还是祖鲁人大酋长，也就是臭名昭著的塞茨瓦约国王的儿子。正是这个酋长在伊珊德瓦纳战役中打败了英国人。这些祖鲁人都参加了那次战役，每个人的长矛上都沾满了英国人的鲜血。

有时候，祖鲁人会被要求带着长矛到街上去揽客。他们穿着用鸵鸟毛、孔雀毛和虎皮做的演出服，在海德公园角跳来跳去，以吸引好奇的路人，旁边还会有一个人大声招呼好奇的观众去圣乔治剧院观看刺激的野蛮人表演。刺激是大师法里尼的娱乐哲学里重要的组成部分，教育也是。一场好的演出能让观众了解原始种族及其文化，用原始人的表演和传统来刺激观众，最重要的是，要用野蛮人的行为举止，甚至用野蛮人的外表来冒犯和激怒观众。正是这种愤怒让观众感到刺激。"霍屯督维纳斯之女"裸露的身体，祖鲁战士身体散发的搏动的雄风，都会激发观众的愤怒情绪。

大师法里尼还在他的展演中加入了色情元素，这使得他的节目大受欢迎，祖鲁人每天都要表演三到四次。每一次表演，时间都会比前一次更长，因为经理人想出了更多的新点子来吸引观众。现在最受欢迎的节目是展示祖鲁人如何杀敌。令人毛骨悚然的表演甚至吸引了媒体的关注。《伦敦时报》的报道称，野蛮人杀人的场面非常逼真，就连"最坚强的人"都会感到恐惧，"他们的战舞和战歌是如此真实，如此震撼人心，观众们惊叹不已"。

　　法里尼很擅长用创新的方式推销祖鲁人的表演。例如有一次，他带祖鲁人去伦敦动物园，在那里，笼子里的野生动物令祖鲁人赞叹不已。看到像狮子这样威风凛凛的野生动物竟然被关在铁栅栏里，失去了在荒野肆意纵横的自由，艾姆-皮不禁流下了同情的眼泪。这一幕恰巧被现场记者记录下来。祖鲁人对其他许多动物也很感兴趣，比如孟加拉虎、美洲狮和灰熊，这些都是他们在非洲没有见过的动物。第二天，报纸上登出了祖鲁人在动物园游玩的照片，并配文说，祖鲁人和动物园的凶猛野兽相处和谐，到了动物园，他们就像回到了自己家一样，他们一定很怀念远在非洲的故乡。

　　这样的宣传噱头吸引了更多的观众，阿克水族馆里挤满了人，法里尼又往节目单里增添了新的节目。

　　请求数周后，艾姆-皮终于见到了法里尼。"让我们这样没日没夜地工作，你会累死我们的，法里尼。"艾姆-皮说道，"我的同伴们派我来要求你给我们涨工资。你要么减少我们每天演出的次数，要么给我们涨工资。”

“你这是什么意思，艾姆-皮？”法里尼问，“我养活了你们这么多人，还给你们提供住宿。我赔了很多钱，不能再给你们涨工资了。”

“观众席总是爆满的，你怎么可能赔钱？”

“在你看来是这样，但你不知道演出成本是多少啊，现在玛蒂尔达也要走了。你知道玛蒂尔达走后，我会损失多少钱吗？”

艾姆-皮不知道玛蒂尔达是谁，他说不认识她。

“罗莎·玛蒂尔达·里克特小姐，就是扎泽尔。”

“扎泽尔吗？扎泽尔要走了？”

“她要去美国，她要加入菲尼亚斯·泰勒·巴纳姆的马戏团。我现在急需一个女人代替她，这个时候，你还来问我要钱？”

“你可以从我们中挑一个去射大炮。”艾姆-皮开玩笑说。

“当然又是为了赚更多的钱了。你们这些人只知道钱。”

“对，你给扎泽尔多少，就给我们多少。”

法里尼威严的胡须抽搐了一下。

“谢谢你的建议，但这没用。”他说，“谁会在乎一个土著人的死活？”

"我在乎。"艾姆-皮说。

"我也在乎，老伙计。你们都是我的朋友，甚至像家人一样，但观众并不这么看啊。我们需要一个高加索人，这样，观众就会同情她，会为她的生命安危担忧，因为高加索人跟观众一样，都是白人，观众们不想让白人受伤。但是如果你用大炮射一个黑人，没人会在乎的，他们也不会觉得这有什么值得惊讶的。黑人来自不同的世界，甚至有些人认为，黑人来自亚人类的世界。在他们看来，黑人是由与白人不同的材料构成的，所以我们需要一个美丽而脆弱的白人，最好是女人，或是假扮成女人的男人。观众在乎女人的生死，那样整个表演就能抓住他们的情绪，他们会一直屏住呼吸，直到看到她安全地落入网中。"

艾姆-皮不太能理解法里尼的长篇大论，但听法里尼提到高加索人这个词后，艾姆-皮就没再听了。在每次表演前，法里尼都会发表一段有关人类学的演讲，艾姆-皮听法里尼提过这个词，他经常拿高加索人、黑人，以及蒙古人作对比。

祖鲁人决定给大师法里尼一点时间，等他找到替代扎泽尔的人再说。

"等他找到接替扎泽尔的人后，你再去找他，让他给我们涨工资。"萨姆森说道。两人边说着话，边往威斯敏斯特教堂附近的"魔鬼之地"走去，他们住在那里。

像往常一样，那些从鸦片窟里溜达出来的流浪汉对着他俩骂了几句粗话。那些流浪汉迷迷糊糊、麻木不醒，是伦敦最不堪的一群人。

"嘿，老黑，你们今天又吃了多少个白人探险家呀？"

"老黑你爹的头！"艾姆–皮吼了回去。其他祖鲁人也加入谩骂，辱骂流浪汉们的母亲。但这些粗话对他们来说毫无作用，他们哈哈大笑，毫不在乎。一个衣衫褴褛的小孩笑得特别大声，对着祖鲁人喊黑人什么的。每次见到这些祖鲁人，这个男孩都不太友好，所以祖鲁人很讨厌他，他们笑骂他是一个瘦弱的邋遢鬼，然后继续往前走。

一辆老式四轮马车把一对衣衫褴褛的老夫妇放下后就离开了。这对老夫妇的出行方式和养尊处优的脸立刻暴露了他们的真实身份。他们是来自伦敦高档社区的有钱人，喜欢探访东区的贫民窟，体验这里贫穷、污秽的生活，等过完肮脏的周末，他们就重返自己奢靡的生活。艾姆–皮开玩笑说，如果他有那么多钱，就不会死在贫民窟里了。

这些人来贫民窟只是因为他们对穷人的生活感到好奇，还有一些人是来分发慈善物资的。然而，纨绔子弟来贫民窟是为了猎奇，他们来这个地方玩所谓的肮脏游戏，或者只是为了寻找堕落的快乐，比如吸食鸦片。

刚才还跟祖鲁人对骂的瘦弱男孩注意到了这对老夫妇，他立刻变得楚楚可怜，伸着双手，向他们讨钱。那位先生招呼他过去，拍拍他的头，抓了抓他的脏头发，像摩挲可爱的宠物一样。接着，先生从口袋里掏出一枚硬币，给了那个男孩。但男孩对硬币不感兴趣，他熟练地伸手从老先生破旧的背心里掏出了一块怀表，然后飞奔而去，表链在煤气街灯的映照下一甩一甩地晃动着。那位老先生打了个趔趄，摔倒了。艾姆-皮跑去追那个小乞丐，其他祖鲁人则去帮助那对老夫妇。

瘦弱的街头流浪儿可跑不过身强力壮的祖鲁战士。男孩被艾姆-皮抓住了，他不停地咒骂、尖叫。艾姆-皮揪着他的脖子，把他拎到老人面前，逼他把怀表还给老人，并向他们道歉。

突然，艾姆-皮发现这个衣衫褴褛的孩子长相柔美，他立刻想到，完全可以把这个男孩打扮成女孩，让他成为新的扎泽尔。只需费些工夫，洗掉他身上的污垢，给他化装，就可以把他打扮成一个女孩。

艾姆-皮费了半天口舌才说服这个小乞丐，答应他不叫警察，而且还给他机会，让他成为明星，小男孩这才肯跟他们一起去见大师法里尼。法里尼采纳了艾姆-皮的提议，就这样，稚气未退的男孩成了法里尼团队的一员。男孩叫切斯劳·特泽特泽列夫斯卡，别名斯劳。他被装扮成一位淑女，从大炮里射出来。除了扮成女孩，他也扮演其他角色。由于在剧团里吃得好，他逐渐长高长壮。用黑色软木炭把皮肤涂黑后，他就成了杜撰出来的某个印度洋岛屿上的原住民。有时，他用鞋油把自己涂成棕色，与艾姆–皮一起表演野蛮人部落的决斗。由于身材矮小、壮实，他也扮演过《圣经》故事中的大卫，艾姆–皮则扮演歌利亚，两人对打，大卫打倒了身材魁梧的歌利亚。

斯劳接替扎泽尔的工作，并在马戏团里安顿下来后，祖鲁人继续要求大师法里尼加薪，并改善工作条件。法里尼为此感到愤愤不平，责怪他们忘恩负义。

紧接着，乌伦迪之战爆发了，这让法里尼更加痛苦。

零零星星的消息传来。没有人相信世界上最强大的军队会败给野蛮人，但也没人会预料到英军将领切姆斯福德的复仇会来得如此之快。一八七九年七月四日，也就是伊珊德瓦纳战役结束后的第六个月，大英帝国及其盟友集结了一万七千名红衫军，发动进攻，打败了两万名祖鲁士兵。

艾姆–皮坐在大帐篷外，教斯劳英语阅读和写作。斯劳学得很快，艾姆–皮为这个年轻人感到骄傲。斯劳起初拒绝跟着艾姆–皮学习，因为他不相信自己能从一个来自非洲的黑人身上学到什么东西，但自从艾姆–皮教会他阅读和写字后，他开始尊重艾姆–皮，并称呼艾姆–皮为"老爹"。大师法里尼向他们跑来，手里挥舞着一沓报纸。

"也许他是来给你涨工资的，老爹。"斯劳轻声说道。

这句话本是说给艾姆–皮听的，但却被法里尼听到了，他在他们身边坐下。

"你们能想到的只有钱吗？"

"只是开个玩笑，大师法里尼先生。"斯劳说。

"我们有比涨工资更麻烦的问题。"法里尼朝艾姆–皮晃了晃报纸。

"你的族人在乌伦迪战役中惨败，太让我们失望了。这对我的生意没有好处，谁愿意花钱去看被打败的野蛮人呢？"

法里尼为他们俩读《星星晚报》上面的文章《占领乌伦迪》。

切姆斯福德勋爵下令将国王塞茨瓦约派人送到纳塔尔省的求和礼物——四百一十四头牛还了回去。接着，他派出由数千名欧洲士兵和数百名土著士兵组成的帝国军队，夷平了祖鲁王国的中心——乌伦迪。

中午时分，乌伦迪已陷入火海。天黑之前，帝国军队就摧毁了乌姆沃洛西山谷里祖鲁军队的所有据点。

有人可能以为，法里尼读到这些内容时应该是充满喜悦的，但事实恰恰相反，法里尼的声音里满是悲伤。而艾姆-皮更加悲伤，只是不想表现出来。唯一感到兴奋的人是斯劳。法里尼一边读，他一边尖叫："让他们下地狱，查理，让他们下地狱！英国佬，干死他们！"

法里尼惊讶地发现，英国军队中有部分士兵竟然是土著。既然如此，英国人就不能独揽所有的荣誉。继续读下去，他发现，柯尔德上校麾下的骑兵队中竟有五百名士兵是巴索托人。

"国王呢？上面有没有说塞茨瓦约国王怎么样了？"艾姆-皮焦躁不安地问道。他很难过，因为他只能从英国人以及他们的战地记者传回的新闻中获取有关这场战争的讯息，他渴望听到自己族人的消息。法里尼浏览报纸，寻找有关祖鲁国王的消息。

塞茨瓦约在三号就离开了乌伦迪，之后再没有关于他的消息。《纳塔尔证言报》刊登了《伦敦每日电讯报》记者对这场战斗的描述："英军以空心方阵向前行进，第八军团，以及加特林快炮组与第九十军团会合……"

读到这里，法里尼就停下了，他对战争细节不感兴趣，战斗如何进行、英国人如何取胜、祖鲁人如何在逼近的骑兵面前逃跑，以及他们如何飞奔到山上，直到跑出射程，这都不是他在意的事。尽管是出于不同的原因，但和艾姆-

皮一样，法里尼很关注塞茨瓦约国王的命运。

"如果塞茨瓦约死了，祖鲁人就失去了吸引力。如果祖鲁人失去了吸引力，你就可以和工作说再见了。"法里尼说道。他突然起身，匆匆离开。

"谢天谢地，我不是祖鲁人，老爹。"斯劳说道，"任何战争都不会影响大炮射人节目。"

"你长得太胖了，大炮都快塞不下了。"艾姆-皮说，"你也可能要和工作说再见了。"

后来他们才了解到，塞茨瓦约还活着，他只是躲了起来。藏了一个月后，他被捕了。在报纸上看到国王和狱卒在一起的照片时，泪水模糊了艾姆-皮的双眼。国王没有像囚犯那样戴着锁链，照片中的他穿着一套剪裁考究的欧式西装，戴着一顶帽子，庄严地站在好望角城堡壁垒上的一门大炮前。站在他旁边的是他的监管人，拉斯库姆·普尔上校，上校的翻译亨利·朗卡斯特斜靠在大炮上。国王的两名副官站在大炮后面。艾姆-皮觉得其中一个副官很眼熟，但不太确定，因为照片太模糊了。艾姆-皮猜想，如果他没有逃离祖鲁王国，这两个副官中肯定有一个是他。毕竟，国王坐在伊卡塔垫子上进行沐浴仪式时，艾姆-皮曾贴身侍奉过他。

事实证明，法里尼的财运并没有随着乌伦迪战役的爆发而终结。相反，他的财运更好了。经过乌伦迪战役，英国观众更加渴望看到高贵的野蛮人。那些野蛮人起初在伊珊德瓦纳战役中让帝国军队蒙羞，后来又被大英帝国的威力所征服。

在这一年剩下的时间里，演出继续进行，心有不甘的祖鲁人继续要求法里尼加钱。最终，忍无可忍的他们开始罢工。

一八八〇年一月三日，星期六，在阿克水族馆里，观众们在一间没有座位的演出厅里等着看祖鲁人的表演，但是祖鲁人没有上台。各式各样的人种奇观秀演员走上台跳舞，并以各种怪异的方式展示自己。没有看到之前许诺的祖鲁人表演，观众们觉得自己被骗了，他们开始有节奏地反复呼喊，要求祖鲁人出来表演。脸色铁青的法里尼不得不向观众承诺退还部分入场费。

连续几周，祖鲁人坚持他们的立场。大师法里尼使出浑身解数，甚至没收了他们的衣服。法里尼怀疑祖鲁人得到了自由主义者，尤其是教会人士的支持，因为他们把法里尼告上了法庭。在法庭上，法里尼表示自己遭到了背叛，因为他一直视这些祖鲁人为自己的家人。他告诉治安法官，他只是拿了他们的衣服，以防他们在伦敦街头游荡，遭人陷害。艾姆－皮则透露，有一个法里尼的竞争对手愿意出更多的钱雇用他们，而法里尼却试图阻止他们，不让他们获得更公平的待遇。

"我们想要的只是得到我们应得的报酬。"他说。

"我愿意支付他们返回非洲的费用。"法里尼说。

报纸大肆报道了这次罢工，谴责野蛮人忘恩负义。艾姆–皮把《伦敦每日电讯报》上的一篇文章读给他的伙伴们听。在那篇文章里，记者敦促警察"立即逮捕这些游手好闲的可怜虫"，因为他们拒绝履行与雇主签订的合同条款，而且拿着治安法庭捐给他们的善款过着奢靡的生活，"与此同时，一群粗暴的祖鲁人战团正威胁着伦敦的安全，他们赖在这里，而且拒绝工作"，艾姆–皮读到这句话时，祖鲁人都哈哈大笑。

治安法官建议双方协商出一个友好的解决办法。大师法里尼主动提出减少演出次数，并给他们涨工资。

祖鲁人重返工作岗位后，许多事情都发生了变化。法里尼从法国引进了新的祖鲁人，其中包括一位名叫阿玛祖鲁的祖鲁公主。他称他们为"法里尼的友好祖鲁人"，为的是与艾姆–皮带领的凶猛的祖鲁人形成对比。从巴黎来的这批祖鲁人总是面带微笑，喜欢做游戏，他们不会用长矛威胁观众，而是用长矛与观众进行投标比赛。当然，他们总是能射中靶心。

与艾姆－皮的祖鲁人还有一点不同的是，据说"法里尼的友好祖鲁人"效忠于英国王室。艾姆－皮猜想，法里尼引进他们，是为了对付一直要审查他的人类动物园的那些人。越来越多的人开始抵制法里尼的表演，反对的声音来自四面八方，但主要来自宗教机构。那些宗教机构试图让法里尼停止营业。

菲尼亚斯·泰勒·巴纳姆出手挽救了法里尼的生意。巴纳姆在纽约的马戏团表演生意越做越大，他邀请大师法里尼及其人种奇观秀加入他的马戏团。在塞茨瓦约的光芒消失殆尽之前，很有必要把祖鲁人运到纽约去表演。艾姆－皮一开始表示不愿意去另一个国家，但法里尼劝他说，去纽约只是暂时的安排。

* * *

在航行过程中，统舱不是一个令人愉快的地方，不仅仅是因为统舱两端的两个厕所一直散发着难闻的气味，还因为统舱里充斥着各种臭味：没有洗过澡的乘客身上散发的体味，食物腐烂的气味以及朗姆酒的气味。乘客们已经习惯了，因为他们别无选择，只能勉强接受。

爱尔兰人对祖鲁人的态度开始缓和，这要归功于斯劳，因为他一直游走于两个群体之间，向一方讲述另一方的英勇故事。祖鲁人甚至为爱尔兰人表演了他们的舞蹈，这让女士们很着迷。听说斯劳和他的祖鲁人将要加入菲尼亚斯·泰勒·巴纳姆的马戏团，女士们像追星族一样，更加迷恋他们了。女士们对野蛮人青睐有加，这让爱尔兰男人们嫉妒不已，他们叫她们荡妇，这让女士们很愤怒，更加不把那些爱尔兰男人放在眼里。有些女人甚至把她们的枕头和毯子借给祖鲁人用。法里尼没有提醒艾姆－皮和他的同伴们，住在统舱的人得自备被褥。但是祖鲁人很会照顾自己，他们把麻袋当被子用，还把一些麻袋卷起来当枕头。

有个叫奥菲·墨菲的女人特别喜欢祖鲁人。一听说他们是菲尼亚斯·泰勒·巴纳姆马戏团未来的明星，她就说自己也一直想加入马戏团，她的歌声像夜莺一样动听，她的舞蹈跳得像首席芭蕾舞演员一样优美。祖鲁人教她唱祖鲁歌曲，她教他们唱爱尔兰歌曲。

祖鲁人躺在草垫上，奥菲·墨菲站在他们面前为他们唱祖鲁催眠曲《快睡吧，小家伙》。她偶尔会呷一口朗姆酒，做个鬼脸，把酒瓶举过头顶，或者瞎哼一句催眠曲。祖鲁人似乎不太在意她，他们不是在打瞌睡，就是在轻声交谈。偶尔会有一个爱尔兰男人大喊一句："闭嘴，婊子！"

只有艾姆－皮直勾勾地盯着她。

4

纽约市——1885年7月
丁卡公主

艾姆-皮第一次见到她的时候，她被关在一辆四轮马车上的笼子里，头戴一顶涂成金色的纸制皇冠，身披一件用貂皮、水獭皮和棕熊皮拼接而成的斗篷。然而首先吸引他的是她的肤色，她浑身漆黑，比深黑的夜晚还要黑，简直黑得发紫。她身材瘦长，为适应狭小的笼子，她艰难地扭曲着双腿，蹲坐在笼子里，头搁在两膝之间，细长的胳膊紧紧搂着膝盖，这个姿势很不舒服。她的毛皮斗篷盖住了整个身体和笼子底部的大部分，所以即使她穿了衣服或鞋子，人们也看不出她穿的具体是什么样的衣物。

笼子上挂着一块木板。读了上面的文字，艾姆-皮才了解到，这个女孩来自苏丹的丁卡部落。她被称为丁卡公主，她的主人是经营人种奇观展的杜瓦尔先生。

他本想继续看看别的，但她冲他笑了。虽然只是微微一笑，但已足够吸引他。他呆呆地望着她，而她却微微移开视线，眼神再次变得空洞。

他以前也来过麦迪逊广场公园，当时是要在田德隆区外寻找合适的表演场地，但他那时没见过丁卡公主，只见过关在笼子里的侏儒、男人、女人或一家人，有时还会看到一些来自非洲和南美洲丛林的山魈、鬼狒、绒猴，或大胡须的帝王绢毛猴等罕见野兽。绒猴和绢毛猴不是关在铁条笼子里，而是关在网眼铁丝笼子里。丁卡公主一定是杜瓦尔先生新得的展品，或是城里某个人类动物园转让给他的。

今天广场上没有侏儒展览，所以丁卡公主成了人们关注的焦点。她什么也不做，只是坐在那里，厚厚的、红红的嘴唇微微噘起。观众们全神贯注地看着她，好像她正在表演一种催眠舞蹈。

孩子们则被山魈和其他猴类迷住了。

男人们把艾姆-皮推到一边，以便更好地观察笼中的女人，就好像艾姆-皮是隐形人一样。他是人群中唯一的黑人，也是现场唯一没有被奴役的黑人。他试图扛住人群的推搡，但奈何人潮汹涌，他发现自己很快就被挤出了人群。

尽管如此，他还是坚定地盯着那个女人看了好几分钟，而那女人则始终盯着天空，眼神空洞。

过了一会儿，她的眼睛动了起来，似乎在人群中搜寻着什么，她将目光落在了艾姆-皮之前站过的地方，但有些失望，因为艾姆-皮之前待过的地方此时站着一个老家伙，那人戴着一顶和他一样老旧的英国警用遮阳帽。她再次扫视人群，看到艾姆-皮时，她的眼神瞬间亮起来。两人目光相遇，目不转睛地对视。艾姆-皮觉察到她眼神中有一丝笑意，也或许是他想象中的笑。他向她咧嘴一笑，以示回应。这一次，她真的笑了，牙齿炫白夺目。观众们随着她的视线回头看她在笑什么，他们没有看到艾姆-皮，因为他是隐形的。他们的视线越过艾姆-皮的头顶，看到被关在笼子里的来自异域的猿猴，以及围在笼子旁的孩子。孩子们大声尖叫，试图激怒猿猴，让猿猴也朝他们尖叫。观众以为，是这个场景逗笑了笼中的女人。多可爱啊！他们温柔地笑了。

艾姆-皮笑得更灿烂了。丁卡公主好奇地盯着他，她的额头和鼻子上的汗珠闪闪发光。七月的太阳毒辣无情，穿着这么厚的毛皮斗篷，蜷缩在如此狭小的笼子里，她一定如同被炙烤般难受。但她一脸若无其事的表情，似乎要证明她并不感到热。只有在将视线落在他身上的时候，她才露出笑意。

突然，他兴奋躁动起来，这让他感觉奇怪，又有点害怕。他慢慢向后退，眼睛仍然盯着笼中的女人。走出人群，他突然跑了起来。一路上，他感觉自己活力四射，这让他有点担心自己是不是生病了。他没有去找斯劳，也没有回马戏团，而是直接回到了他在五点区的出租屋。

"怎么了，艾姆-皮？有人在追你吗？"奥菲问道。他差点在门口撞到她和玛沃。"你怎么这么早就回来了？"

"我有点不舒服。"他说，"你可以把玛沃留在家里。我今晚不出去。"

这让四岁的玛沃兴奋不已。父亲外出表演的时候，玛沃每天都会跟着母亲去马戏团。在母亲表演节目的时候，小丑、体操运动员、畸形人和空中飞人演员都很照顾他，他也很喜欢跟他们在一起玩。但能和父亲待在家里一起玩，也是难得的乐事。

奥菲疑惑地看着艾姆-皮，摇了摇头，然后走了。

没过一会儿，艾姆-皮就后悔提出照顾孩子了，因为玛沃精力旺盛，他根本不让父亲躺在床上休息，他想跟父亲玩枕头大战，而他父亲只是敷衍了事。艾姆-皮有点头晕。

* * *

玛沃的名字来自姆海兹部落一位叫玛沃沃的祖先。五年前，艾姆－皮刚来美国的第一个晚上，奥菲就怀上玛沃了。

五年前，当蒸汽船驶进纽约港时，乘客们都很兴奋，尤其是统舱的乘客，他们终于可以从闷热的地牢里解脱出来了。艾姆－皮也松了一口气，尽管他有点喜欢奥菲，但他很庆幸，他们终于可以各奔东西了。奥菲也很迷恋他，一有机会就对他嘘寒问暖，要是喝了几杯朗姆酒，她会更热情。她会贴着他坐在草垫上，唱祖鲁歌。除了那首摇篮曲，那些祖鲁人还教过她另外几首祖鲁歌，但她老是唱错音，把祖鲁人逗得乐不可支。

他们终于到达纽约港了，艾姆－皮心想，她肯定也要奔赴自己的目的地了。

下船时，乘客们必须获得移民登陆站的批准才能进入美国。登陆站就设在巴特利公园中的城堡花园。多亏菲尼亚斯·泰勒·巴纳姆派人来接祖鲁人，在那些人的帮助下，法里尼只花了几个小时就处理完海关事务，办好移民登陆站的准入手续。奥菲告诉艾姆－皮，她要跟他一起走。没人预料到她会这样做，甚至连艾姆－皮自己都没想到。她说，她在纽约无亲无故，不像许多统舱旅客那样，有亲朋好友兴高采烈地来迎接他们，她没有任何人来接。

"她成你的拖油瓶了，老爹。"斯劳笑着调侃了艾姆－皮一句。

"我可不是拖油瓶。"奥菲说，"让你的老板给我一份工作。"

法里尼没有等艾姆－皮来问就回过身，居高临下地看着她。

"你能做什么？"他问道。

"我会唱歌。艾姆－皮可以证明。"

"兴许你会唱歌，但我们不是歌舞杂耍团。"法里尼不屑一顾地说道，然后继续往前走。

"我可以做其他方面的演员。"奥菲蹦蹦跳跳地跟在他后面，像个孩子一样。

"我的意思是，你是个漂亮的小姑娘，没有任何残疾，我们没法给你编故事，这对任何人都没用。"

奥菲站在大师法里尼面前，指着祖鲁人。

"他们也没有残疾呀。"她说。

"他们是祖鲁人。"法里尼说道。从他的表情可以看出，他对这个愚蠢至极的女人很不耐烦，她连这么明显的区别都看不出来。

"我也可以当祖鲁人，我会唱祖鲁歌。"

"我已经说过了，小姐，我只对畸形人和罕见生物感兴趣，巴纳姆先生也是这样，我要把这些祖鲁人租借给他。"

奥菲有点绝望了。

"我也可以成为罕见的人，我也可以做畸形人。"

"嗯，艾姆-皮，就像斯劳说的，她是你的拖油瓶。"法里尼对艾姆-皮说道。

但毕竟，她是个漂亮的拖油瓶。在预订过夜的寄宿公寓里，老板娘给了斯劳一个单人间，因为她觉得斯劳绝不能跟来自非洲的黑人睡在同一个房间里，奥菲也有自己的房间，艾姆-皮则和其他祖鲁人挤在一个房间里。老板娘绝不允许白人女性和黑人男性在她屋里睡在一起。

然而，情欲高涨的奥菲不愿与她的祖鲁战士分开。半夜里，她偷偷把艾姆-皮带进自己的房间。就在那天晚上，她怀上了玛沃。好吧，玛沃也可能是在他们于五点区安顿下来后的头几个晚上怀上的，但玛沃的父母总认为，他是他们在美国的第一个晚上怀上的混血儿。五点区是法里尼为祖鲁人找的住处所在地。

法里尼在另一个经理人经营的纽约稀有生物博物馆里为奥菲找到了一份工作。她并不精通音乐，所以她只能在大楼的阳台上五音不全地唱歌、吹喇叭、敲鼓，制造可怕的噪音，以吸引观众。巴纳姆的美国博物馆也曾以这种方式吸引观众，该博物馆于一八六五年被烧毁。

如果可以，艾姆－皮愿意宰一只山羊来感谢祖先，感谢他们让他和奥菲乘同一条船去美国。他还要感谢这个白种女人的祖先，感谢他们让奥菲如此大胆奔放，如此没羞没臊，不顾一切地要和他在一起。没有一个夸祖鲁女人能做到这一点。如果她没有主动出击，他永远没机会与她同居。尽管他的祖鲁同伴对他冷嘲热讽，但他很高兴奥菲看上了自己。奥菲给了他太多的爱，多到几乎快把他闷得透不过气来。所以，他很快就忘记了诺玛兰佳。他原先还想回到故国去找她，不管她有没有结婚，他都要带她私奔到遥远的地方，在一个谁也找不到他们的地方生活。然而，在奥菲猛烈的爱情攻势下，他再也没有这个念头。回想自己曾经对诺玛兰佳的渴望，他窃笑自己那时是多么愚蠢，多么幼稚啊！

在这三年里，尽管一直住在贫民窟，但和其他夫妻一样，他们过得很幸福。为了避免种族歧视，他们不能一起走在街上，但在出租屋里，一家三口过得无忧无虑。

但最近，他们的幸福生活有了一些紧张的迹象。艾姆－皮最近的运气不好，夫妻俩在商量如何改变现状时产生了分歧。

他们先是好几次长时间互不理睬对方，然后大吵了几架，接着又好几次长时间互不理睬对方。

甚至在做爱时，奥菲也会因为艾姆–皮的呼吸而失去兴趣，这让他很吃惊，因为在这几年"婚姻"生活里，奥菲从来没有说过这样的话。而现在，她只是躺在那里，直到他完事。她以前绝对不是这样的。曾经有一段时间，她非常饥渴，甚至恨不得把他活剥生吞了。但现在，她只是冷漠地躺在那里。

当他问起时，她说："你的呼吸让我厌烦，让我没了兴趣。"

"那我需要在做爱的时候把脸转过去吗？"

"不，我不是想让你把脸转过去。也许你应该闭上嘴，不要呼吸。"

艾姆–皮明白，两人的关系到头了。当她开始讨厌你的呼吸时，两人的关系就无法挽回了。看到他受伤的表情，她后悔自己脱口而出的那些话，她不是有意要如此刻薄，但她没法忘记，最近他有许多令她恼火的地方。

他们最幸福的时光是在来美国的头几个月。祖鲁人在纽约演出，观众如潮水般涌来。有时，祖鲁人会跟随菲尼亚斯·泰勒·巴纳姆的马戏团去不同的城市演出。有的时候，他们也会在威廉·卡梅隆·库普那里谋事。库普是另一位马戏团经理人，也是法里尼的好友和商业伙伴。他因提出火车马戏团的主意而名噪一时，他建议，马戏团可以利用火车往来不同的城市，运送演员和表演道具。

艾姆-皮跟随威廉·卡梅隆·库普的马戏团前往底特律和芝加哥等城市演出时，奥菲和玛沃留在五点区，因为奥菲在纽约稀有生物博物馆唱歌拉客的工作才刚开始。

艾姆-皮和其他祖鲁人要在一个大帐篷里为一万两千多名观众表演，帐篷里有三个表演场地，这是库普的另一项发明。法里尼编排了符合美国人口味的祖鲁战舞。他觉得，如果不把观众吓得魂飞魄散，那要祖鲁人做什么？所以祖鲁人仍然会在表演中吓唬观众，那是法里尼惯用的伎俩。例如，祖鲁人冲进竞技场，嘴里发出令人恐惧的怒吼声，朝预先设立的靶子投掷长矛，这些靶子紧靠有些观众的脸，这把观众吓得够呛。有时候，他们还表演如何用钝矛割开白人的喉咙，虽然没有流血，但看起来非常逼真，有些观众被吓得忍不住大声尖叫。

每天晚上，斯劳都会在观众极度兴奋的尖叫声中表演被屠杀，而艾姆-皮就是首席刽子手。

祖鲁人也会参与一些不那么吓人的娱乐活动。艾姆-皮最喜欢的一个项目是"野蛮人赛跑"，因为这项活动需要技巧和体力。在表演场里，美国印第安人和非洲祖鲁人在观众的欢呼声中表演赛跑。有时是艾姆-皮赢得比赛，有时是美国印第安人赢，或者另一个祖鲁人，比如萨姆森。

艾姆-皮期待在马戏团的巡回演出结束后回到纽约，回到五点区，回到奥菲和玛沃身边。他发誓，总有一天，他要带玛沃回夸祖鲁举行仪式，欢迎玛沃加入部落，他还要给玛沃介绍部落的生活。玛沃应该了解他的部落颂歌，通过这首歌，他可以了解部落的起源。他的部落源自非洲中部的蓝色湖泊，也就是阿巴姆博人曾经生活的地方，此后一直延续到他的曾祖父——伟大的齐赫兰洛那一代。曾祖父是沙卡的盟友，也是沙卡的好朋友，但他后来在恩坎德拉的山上被沙卡的弟弟丁冈的部下暗杀。没有祖先的指引，玛沃将无法在世间找到生活的目标，而祖先们甚至还不知道他的存在，这让艾姆-皮感到很难过。他心想，有必要宰杀一头黑公牛，献上酿造的高粱啤酒，把玛沃介绍给祖先们认识。最重要的是，玛沃不仅要加入姆海兹部落，还要融入更广阔的祖鲁王国，这样他才能在未来远离苦难，过上幸福的生活。

一想到故乡，艾姆-皮就有点难过。他的族人不再如他记忆中那般高大挺拔、战无不胜了。乌伦迪之战，祖鲁王国惨败，国王塞茨瓦约·卡姆潘德在藏身的恩戈梅森林被捕，夸祖鲁的土地上不再是一个独立的王国了。流亡开普敦后，塞茨瓦约坐船到英国去见维多利亚女王，请求重建祖鲁王国。

艾姆-皮在施坦威父子音乐厅为"法里尼的侏儒"展览搭建舞台,展示来自卡拉哈里沙漠的布须曼人。他正要走下台阶,到十四号街搭马车回家时,法里尼把他叫了回来。

"我有东西给你看,艾姆-皮,你的国王在伦敦。"

他给艾姆-皮看了一八八二年八月十二日的《伦敦新闻画报》,报上的标题是《塞茨瓦约在伦敦》。

法里尼大声朗读起来,偶尔会因为所读的内容暗自发笑。在一群新闻记者的陪同下,国王带着一名医生、一名翻译和几名仆人,乘坐"阿拉伯号"从开普敦来到伦敦。他从船上下来时,人们向他欢呼,并将他团团围住。报纸上说:"他身材魁梧,穿着一件欧式衣服。虽然皮肤黝黑,但他和蔼可亲,举止友善洒脱,又不失庄重威严。"

法里尼笑了,说这不是他想象中的残暴国王。

"他当然是国王了。他表现出了国王的尊严和沉着,对吧?"艾姆-皮说道,毫不掩饰他的恼怒。

法里尼摇了摇头,然后继续往下读。

塞茨瓦约风度翩翩,完全颠覆了人们对他的想象。在人们的想象中,他应该是一个粗鲁、狂暴的野蛮人,但在回答翻译员的问题时,他展现了自己卓越的才智。在"阿拉伯号"上,他赢得了人们的友谊和异乎寻常的同情。实际上,他跟船上的每个人都成了好朋友。在普利茅斯下船的所有乘客都衷心向他告别。

艾姆-皮每一天都热切期待着来自英国的报道，追踪塞茨瓦约在伦敦的行程。他与法里尼就夸祖鲁的局势聊了很长时间。

法里尼最大的遗憾是，塞茨瓦约来英国的时候，他碰巧把演出生意搬到了纽约，否则他会充分利用祖鲁国王这个话题大肆宣传他的节目。

"毕竟，你认识他本人，老爹。"斯劳补充道，"你可以让他和我们的祖鲁人一起演出。"

"如果塞茨瓦约来美国，我们的生意又会火爆起来。"法里尼补充道。

观众们终于能亲眼见到那个杀死了数百名英国士兵的残暴国王。法里尼说，他从报纸上得知，国王在英国仍然很有名，不管什么时候出现，都会吸引成千上万的人围观。可惜围观的人都不付钱，真是白白浪费了一个赚钱的好机会。

"我绝不允许那样的事情发生。"艾姆-皮坚定地说道，"让我的国王受辱的事情，我绝不参与。"

"怎么会是受辱呢，老兄？教美国人了解你们的族群和文化，会让你受辱吗？"法里尼问道，他看上去很受伤。

"你在开玩笑吧，老爹？"斯劳问道，"你这么说，肯定是因为你知道我们没办法让那个老家伙来纽约参加我们的演出，对吧？"

"去死吧你！他是我的国王！他是祖鲁人的国王！"

几周后，法里尼和艾姆–皮从报上读到，英国女王满足了塞茨瓦约的愿望，并准许他返回夸祖鲁。国王在伦敦待了大约十个月，在那段时间里，他在英国的名气越来越大。

回到夸祖鲁，塞茨瓦约发现自己王国的面积大幅缩水。殖民农民侵占了祖鲁人越来越多的领土，而且纳塔尔省的殖民政府还把大块土地分给那些宣称不再认塞茨瓦约做国王的祖鲁人！实际上，夸祖鲁已不再是一个独立自由的国家。夸祖鲁已被大英帝国占领，而塞茨瓦约则被降级为大酋长，成为维多利亚女王的封臣。一八八三年一月二十九日，塞茨瓦约被再次加冕，加冕仪式由西奥菲勒斯·谢普斯通爵士主持。但在艾姆–皮看来，这次加冕只是象征性的，因为他的权力被大大削弱了。

紧接着，内战爆发，塞茨瓦约被迫逃到埃绍韦镇。在夺回那毫无意义的王位一年后，国王死在了那里。艾姆–皮觉得，国王得到了善终。

塞茨瓦约的死亡影响了艾姆–皮和法里尼两人，但原因不同。艾姆–皮追念他服侍国王的光辉岁月，他甚至怀念服侍国王洗澡，还有与后宫姑娘狂欢的日子。乡愁袭上心头，他变得郁郁寡欢，这加剧了家里的紧张气氛。而法里尼则为生意亏损感到忧愁，他猜想，塞茨瓦约死后名气会越来越小，伊珊德瓦纳战役的荣耀将逐渐消失在观众的记忆中，不久以后，他就不得不想出新的点子来吸引观众，以维持祖鲁人的演出。

当法里尼为这些问题苦恼时，艾姆-皮却在为约翰·唐恩的背叛耿耿于怀。这个被国王宠坏的白人男子娶了四十多个祖鲁女人为妻，其中甚至还包括王室的公主。而他却背叛了恩人，转而发誓效忠英国。作为交换，他得到了纳塔尔和夸祖鲁之间作为缓冲区的狭长地块。

"事实证明，你永远不能相信白人。"艾姆-皮说道。

"除开我这个白人，"大师法里尼微笑着说，"我让你和你的祖鲁人过上了美好的生活，远离部落的残酷战争。"

"我确信，你认为这是一种美好的生活。"艾姆-皮说道。

艾姆-皮说这句话时似乎是在开玩笑，但法里尼怀疑他又开始不满了，这会带动其他祖鲁人也开始产生不满情绪。他仍然有点怨恨艾姆-皮，认为是他煽动了在伦敦的那次罢工。他后悔把祖鲁人租给了菲尼亚斯·泰勒·巴纳姆。大家都知道，巴纳姆给演员们的工资比较高，他们中的许多人凭着在马戏团的工作变得很富有。听到巴纳姆给祖鲁人付的薪酬金额时，法里尼大声咒骂起来。

"你付给他们这么高的工资，等他们完成在你这里的表演任务后，我怎么能养得起他们呢？"他问道。

确实，完成在巴纳姆马戏团的表演任务后，祖鲁人又回到了之前收入微薄的日子，很多人都有怨言。艾姆-皮告诉他的伙伴们，"我不应该回来，我本该留在加拿大的。"

他指的是在底特律发生的一件事。一只骆驼在一个表演场拉屎了，驯兽师让艾姆-皮清理粪便，艾姆-皮告诉他，自己是个演员，不负责管理马戏团里的动物。他们吵得不可开交，眼见就要打起来了，负责人却站在驯兽师那一边。艾姆-皮受够了，他离开马戏团的大帐篷，过桥去了加拿大。马戏团的经理以为，艾姆-皮只是一时生气，他很快就会回来的，但他没有回来。于是，马戏团派出了一支队伍去找他，结果发现他在温莎的一家酒馆里玩得正开心。他还是害怕离开家人，特别是害怕再也见不到儿子玛沃，所以，他冷静下来，顺从地跟他们一起回到了底特律，回到了马戏团。

在法里尼的一个竞争对手那里找到了收入更高的工作后，艾姆-皮的两名祖鲁队友最终真的离开了。法里尼不想再次航行到南部非洲去重新招一群祖鲁人，于是，他就地招募黑人，对他们进行面试，挑选一些人参与表演。艾姆－皮的任务就是对他们进行培训，教他们假扮祖鲁人。

因为塞茨瓦约的缘故，祖鲁人在纽约很受欢迎，纽约到处都有街头艺人冒充祖鲁人，很多美国黑人假扮成祖鲁人。有些跟风的经理人在他们的节目中加入了祖鲁人表演，而演员大多数都是美国人。整个纽约市和市郊到处都是祖鲁人。他们像野蛮人一样尖叫，疯狂地跳舞，拿着粗制滥造的长矛和刷过油漆的木盾恐吓观众。

正是因为这些假祖鲁人，这位经理人才标榜自己是大师法里尼，他的祖鲁人才是"真正祖鲁人"。尽管他引入了黑人，但这个标签并没有改变。毕竟，他们是由真正的祖鲁人培训出来的。

现在，他招了更多黑人，有男有女。因为人多，所以他得把其中很大一部分人划定为非洲其他部落的成员。他根据约翰·乔治·伍兹的《未开化种族图解历史》这本书，把新黑人成员划分为不同部落的成员，有些人来自东非的马赛部落，另一些则来自中非的巴孔戈部落。没人能帮他培训这些人，让他们真正担得起他们的新身份。但不要紧，因为法里尼从书里了解到了各部落的风俗习惯，至于其他，就靠即兴发挥了。

在展览或表演开始之前，大师法里尼总会发表演讲，并在其中穿插引用达尔文主义的观点。对于博学的人来说，他的讲解只是一知半解的水平，但没受过多少教育的人就觉得他讲的内容明智而深邃。

祖鲁人表演改头换面后的第一次亮相是在麦迪逊广场花园。艾姆-皮对这个地方很熟悉，他来美国与菲尼亚斯·泰勒·巴纳姆的马戏团一起演出的第一年，就在这里表演过节目。

在演讲中，大师法里尼首先就驳斥了那些有关他的演员的谣言。有人谣传这些祖鲁人其实是狡猾的爱尔兰移民假扮的，他们把自己涂抹成了野蛮人的样子。法里尼说这些话时，艾姆-皮偷偷捏了斯劳一把。斯劳、艾姆-皮，以及其他祖鲁人正在舞台侧面候场。斯劳全身被涂成棕色，准备和祖鲁人开战，他今天假扮的是一个来自印度洋无名岛屿的野蛮人。

和往常一样，这次演出很受欢迎。观众喜欢观看野蛮部落的战斗：祖鲁人与马赛人作战；马赛人与巴孔戈人作战；伙伴们熟悉的斯劳扮演的小个子野蛮人大卫击倒了姆皮耶津托姆比扮演的大个子祖鲁人歌利亚；野蛮祖鲁人疯狂地舞蹈，表演屠杀白人；巴孔戈人表演用巨大的三脚锅烹煮白人传教士。看到这些场景，观众们的欢呼声简直要把屋顶掀翻了。

那是艾姆-皮在法里尼团队里的最后一次表演。表演结束后，他便立即辞职了。几天后，萨姆森以及同他一起从开普敦来的伙伴们也离开了法里尼的人种奇观秀。没有了祖鲁人，斯劳感觉自己在大师法里尼那里格格不入。于是，他也离开法里尼，跟祖鲁伙伴们一起走了。

* * *

艾姆-皮又回到麦迪逊广场公园，站在笼子前盯着丁卡公主看。丁卡公主不以为意地看着他。自从发现了这个女孩，艾姆-皮每天都来看她，默默地注视着她，而且一看就是几个小时。她也毫不畏惧地回望他，仿佛是在挑衅他。有时她看厌了他，就把视线转向天空，目不转睛地盯着同一个地方，连观众都好奇地抬头望，看她在看什么。过了一会儿，她又将视线转移到他身上，怒视着他。有时，她会扫视观众，搜寻他的身影，因为他不是每天都站在同一个地方。一看到他，她的眼睛就亮了起来，眼白变得更白，棕色的虹膜变成亮黑色。

他经常来到这个笼子前，站在她面前，在与她的眼神交流中净化自己破碎的灵魂，他的工作因此受到了影响。他的同事们不清楚他出了什么事。他们的表演生意受到了影响，但他没有去操心演出，反而站在麦迪逊广场公园，对一个关在笼子里的女人着迷不已，他甚至因此缺席了一些表演。

反抗并挣脱法里尼的枷锁后，祖鲁人组成了自己的团队，他们团队的宗旨是：创造一个没有竞争和等级制度的职业环境。他们自称为"真真祖鲁人"，以间接反击大师法里尼和他所谓的"真正祖鲁人"，以及那些假装祖鲁人的无耻之徒。那些假冒的祖鲁人游走在纽约的街头巷尾，跳着滑稽的吉格舞。艾姆-皮的团队没有管理者，成员们平等拥有这个团队，他们通过协商决定一切。但很快，这个团队的白人成员斯劳就发现自己在谈生意的时候起到了领导者的作用，因为白人主顾和经理人只跟白人说话。等祖鲁伙伴们意识到这一事实时，斯劳实际上已经成了他们中负责谈生意和做决策的人。白人以为他是主人，那些祖鲁人都是他的仆人。

斯劳常常忘乎所以，表现得像个主人一样。只有艾姆-皮偶尔会告诫他安守本分，提醒他别忘了自己真正的身份。

斯劳把大部分时间都花在管理团队上，而艾姆-皮则忙于创新表演内容。比如，他们"真真祖鲁人"的表演与纽约其他祖鲁人的表演不同，他们的表演结合了夸祖鲁姆辛加地区的伊西沙梅尼舞、南部沿海地区的伊西西吉利舞和乌卡兰巴地区的赫文沙舞等正宗的祖鲁舞蹈。所有这些舞蹈看起来都很优美，而且有很深厚的文化意蕴。艾姆-皮对此更是感受深刻，因为他在自己的部落时曾是一个技艺超群的舞者，而且还为此受到过姑娘们的赞美。跳祖鲁舞时，舞者排成整齐的队形，他们一边唱歌，一边有节奏地跺脚。有时候，其中一个舞者会跳独舞，把腿踢得高高的，然后扑倒在地。演员们都非常努力地呈现自己的舞蹈，以区别于法里尼创造的乏味枯燥的祖鲁舞。在斯劳的带领下，他们面带微笑，与观众打趣。斯劳总被误以为是团队的经理人。

团队面临的最大困难是预订场地。他们经常在田德隆区的一些小俱乐部里表演。那些俱乐部也是形形色色的表演者们争相抢占的地方，比如，有白人把自己的脸涂成黑色，冒充祖鲁人在俱乐部里表演弹奏班卓琴，还有脱衣舞表演、讽刺剧表演以及杂耍。艾姆-皮他们不得不经常与这些人争抢表演场地。租不到场地，或没有俱乐部雇用他们时，他们就在街头卖艺。艾姆-皮梦想有一天他们能走红，有机会去麦迪逊广场花园表演。而斯劳并没有多少做经理人的工作经验，他不知道如何与主顾和场地老板谈判。因为他个子矮小，打扮也不是很得体，所以那些人都不怎么拿正眼瞧他。后来他开始戴圆顶礼帽，抽雪茄，让自己看起来更像个重要人物。因为斯劳有英国口音，所以有些美国人以为他是来自上层社会的有学识的人，他跟这些人打交道倒不难。但他的口音骗不了那些经常旅行又懂语言的人，因为斯劳的口语中夹杂了太多街头粗话。

大伙儿派艾姆－皮去找场地，而他却去欣赏丁卡公主。工作受挫，他的伙伴们都很担心他，但他们谁都不知道他最近是如何消磨时间的。

不久前，幸运之神终于眷顾了"真真祖鲁人"一次。他们得到了一个在康涅狄格州哈特福德表演的机会。他们离开了八天，这意味着艾姆－皮这些天都没法去看丁卡公主了，所以她今天才一脸不悦地盯着他。他确信这不是他自己想象出来的。他假装自己是工作人员，要去笼子前做事，他一边自信地说着"请让一下"，一边挤过人群，来到笼子前。他看到她眼里闪过一丝愤怒，嘴唇也抽搐了一下。他用唇语说着"对不起"，尽管他不知道自己做了什么对不起她的事。她的眼神变得温柔而顽皮，继而怔怔地看着他，眼中噙着泪。他也怔住了，泪水抑制不住地一滴一滴顺着两颊往下流。他有些尴尬，试图用手背擦拭眼泪，遮住自己的脸。她微微一笑，又轻声地咯咯笑了一下。观众们以前从未见她笑过，甚至没有听到她发出过任何声音。他们齐声惊呼"啊"，并左看右看，想知道是什么引得她笑了起来。但谁也没有看到艾姆-皮，观众们看不见他，也看不见他的眼泪。

他感到很不好意思，而且有点生她的气，因为是她惹得自己在公共场合哭了起来。他挤出人群，跑出公园，沿着百老汇大街一直跑到田德隆区中心。他赶上一辆马车，去了波威里街上一家叫黑牛的英式酒吧。

斯劳坐在酒吧里，正抽着雪茄。

艾姆-皮还没拉过凳子，斯劳就说："老爹，或许我们应该放弃这一切，回到法里尼那里。"

"他说过，我们离开他就是过河拆桥，没有退路了。"艾姆-皮说道。

"我们可以祈求他接受我们回去啊。我知道怎么求他管用。"

"是啊，你在伦敦街头混，知道怎么求人，但我不是乞丐，我是祖鲁人，是玛沃沃的后代，我来美国不是为了来求人的。"

"但是你的心思已经不在表演上了，老爹。"斯劳说。

"如果你能给我们找到合适的演出场地，我就会把心思放在这上面。"

"你要是不再搞这些所谓'友好祖鲁人'的表演，我们会再次大受欢迎的。我们假扮野蛮人时挣了那么多钱。但突然间，你就变得自以为是，不愿意再假扮野蛮人了。"

最近他们对这件事的争论越来越激烈，表演团的其他成员都支持斯劳的想法，认为只有表演令人恐惧的舞蹈，"真真祖鲁人"才能大受欢迎，重拾荣耀，就像他们在大师法里尼那里那样。大师法里尼的名号可不是白叫的。他们应该表演如何在伊珊德瓦纳屠杀白人，假装用长矛攻击观众，让他们热血沸腾。而这些精心编排的优美舞蹈，虽然反映了祖鲁人真正的文化，却没有为他们挣到钱。美国人想看的是野蛮人，而不是多愁善感、一脸和气、亲吻婴儿的祖鲁人。

"还记得'法里尼的友好祖鲁人'表演吗？"艾姆-皮问道，"那种表演在伦敦有人看，在这里也可以。"

"人们只是在那段时间喜欢看这种表演，但如今人们已经不再感兴趣了，他们现在想看的是血腥表演，所以恐怖才是制胜法宝。"

"杂耍表演很受欢迎，但不会吓到任何人。恰恰相反，杂耍会逗观众发笑。我们也可以表演杂耍，我们也可以创造快乐，逗观众发笑。"

"你是祖鲁人，不是杂耍演员啊！在歌舞杂耍中，观众和喜剧演员一起笑。但谁想和祖鲁人一起笑呢？他们会嘲笑你，而不是和你一起笑。这就是观众付钱的目的。"

他们每一次争论，最终都会回到戴维斯身上。大约两年前，"真真祖鲁人"团队派艾姆-皮去朗埃克广场观看经理人戴维斯推出的"野蛮祖鲁人"表演。他们希望"真真祖鲁人"能从中获得一点启发，好让自己的表演像戴维斯的演出一样受欢迎。戴维斯的"野蛮祖鲁人"表演是在户外进行的，无须支付高昂的场地费用，他的表演甚至吸引了原本在音乐厅和歌剧院消遣的上流社会人士。斯劳给了戴维斯一点酬劳，向他请教经营之道。戴维斯同意帮他们想一些点子，帮他们把日益萧条的生意转变为持续盈利的营生。

然而，看到野蛮祖鲁人生吃活鸡，并以最令人不齿的方式表演后，艾姆-皮坚定了要将地道的祖鲁文化表演继续下去的决心。

如今"真真祖鲁人"的经营日渐惨淡。斯劳想，也许现在艾姆-皮会改变主意，做出明智的选择。

"我觉得我们应该回去找戴维斯。"斯劳说。

"我不会表演吃生肉，"艾姆-皮说，"我的族人也不吃生肉。斯劳，如果你喜欢的话，你可以表演吃生肉。"

"如果我是祖鲁人的话，我就吃，但问题是，我不是祖鲁人啊，艾姆-皮。我们要想生存下去，就必须听从戴维斯的建议，甚至跟他合作。他告诉我们，美国人可不好糊弄，他们想看到实实在在的东西。如果不吃生肉，也许我们可以想一些有趣的野蛮行为。”

艾姆-皮在家也不得安宁，这一次是和奥菲，她对他越来越不耐烦了。艾姆-皮没给家里挣多少钱，他们不得不靠五音不全的奥菲唱不堪入耳的歌挣钱过活。而现在，观众对她的歌声已经习以为常，而且唱歌拉客的工作机会也越来越少了。

“我必须让我的族人有尊严。”他告诉奥菲。

“可我们没法靠尊严活命。”她说。

一周后，奥菲跟着马戏团跑了，她要去唱她所谓的祖鲁歌曲，给孩子们表演小丑。

艾姆-皮被玛沃困住了，他考虑回非洲。但在夸祖鲁，带着一个肤色如此之浅的小孩，他该怎么办呢？但他想起来了，在他的国家也有这样的孩子，玛沃应该会适应的。约翰·唐恩和他的祖鲁妻子们就生了很多黑白混血的孩子。

5

纽约市——1886年12月
雪公主

人行道上积雪成堆，艾姆-皮步履艰难地向麦迪逊广场公园走去。他在路上留下的脚印很快又被新雪覆盖上了。他知道，她不会在那儿。如果这种天气还指望她在那儿，那就是犯傻。虽然搞人种奇观展的老板都是一群贪婪的人，但他们也不会那么不人道，把饭票暴露在如此恶劣的环境下。他们应该也不会指望有顾客愿意冒着严寒去付费看一眼侏儒或丁卡女人。当然，那些身着时髦西装的白人男性可能除外，因为艾姆-皮曾经注意到，这些人在宽大的斗篷下偷偷对着这个倒霉的笼中女人手淫。如果此时在这里被展出，即使丁卡公主穿着那件她在炎热夏天穿过的毛皮大衣，她今天也会冻死的。

他明白这一点，但还是去了。他需要心灵的抚慰，哪怕只看她一眼，或者看一眼装载笼子的马车曾经停过的地方也好。与手淫的男人不同，他只是单纯地迷恋她。只要能看她一眼，他就心满意足了。在过去的十七个月里，他经常来麦迪逊广场公园，只为看看她。他从来没有将她与任何性行为联系在一起，他甚至怀疑自己是否将她视为女人。也许，他一直视她为孩子，或者一个奇迹。

当然，她不在那里。没有人种奇观展的笼子，没有男男女女的斜睨，没有来自南美洲丛林的奇异生物，也没有遛狗的人，只有被大雪覆盖的、形似可怕怪物的乔木、灌木和长凳。他没有失望，而是庆幸自己至少努力了。总有一天，她会知道，即使他知道她不会在那里，但还是努力去看她。努力本身就足够令人满足了。希望当她知道这件事的时候，她也能感到欣慰。也许她已经知道了。她好像有个习惯，每逢他消失几天再回来，她总会用一种无所不知的眼神看着他，仿佛在说："我知道你上哪儿去了，我的精神与你同在。"

他必须在天黑前回家，而且必须在玛沃到家之前回到家。他同意玛沃在附近街道帮人铲雪，挣点小钱，但他还是担心儿子。如果艾姆-皮已经为儿子举行过传统仪式的话，儿子一定能变得身强体健，足以应对外面的世界。如果那样做了的话，他此时就不用忧心忡忡了。

艾姆-皮一心想带玛沃回到自己的故土，把他介绍给先祖们。听到爱尔兰马戏团的人称爱尔兰为故土后，他也这样称呼夸祖鲁。他不知道何时才能回到故土，也不知道怎么回去。与此同时，他尽自己所能教玛沃阅读和写作，跟他讲有关自己族人的故事。他一直不愿意把玛沃送到五点区教会。五点区教会专为穷人提供援助，并为穷人的孩子开设扫盲班。当然，在每个礼拜日，教会都努力劝说顽固的爱尔兰天主教徒放弃自己的信仰，皈依卫理公会。或者干脆把他送到五点区济贫院吧，就在教会的对面。在逃匿之前，玛沃一直在济贫院学习。

以前，每天早上把玛沃送去济贫院后，艾姆-皮就去看丁卡公主，然后下午再去接他。有时，艾姆-皮得和"友好祖鲁人"出去表演。每每这时，玛沃就不得不坐在传教所楼前的台阶上，等待父亲来接他，而其他孩子早就回家了。每一天，艾姆-皮都被不同的身份、不同的责任撕扯着，为履行一个单身父亲的责任，他要照顾儿子；为了信守承诺，他得去看丁卡公主；为了对"友好祖鲁人"负责，他得维持团队的运营。

他终于说服伙伴们把表演团改名为"友好祖鲁人"。斯劳和其他合伙人起先是拒绝的，因为友好的祖鲁舞蹈表演挣不到钱，而且这个名字显然是从大师法里尼那里偷来的。艾姆－皮坚持认为，这个名字不是大师法里尼的专属，他也没有版权。再说了，他本人就是个地地道道的祖鲁人，而且非常友好，表演团的所有成员都能证明这一点。所以，他比那个来自加拿大的白人更有资格使用这个名字。这也能反击那些嘲笑"真真祖鲁人"这个名字的人，因为他们说这个名字是伪造的，表演者也不是真正的祖鲁人。

"'真真祖鲁人'没有什么是真的。"有观众这么说道。

有一天，当他来到济贫院时，天已经黑了，玛沃不见了。艾姆－皮希望玛沃正跟住在那栋楼里的孩子们在一起，有济贫院的人照顾着。但是看管孩子的人说，吃完饼和稀饭后，玛沃就去外边等他的父亲了。

艾姆－皮祈祷，无论奥菲现在跟着火车马戏团走到哪里，都希望她不要发现自己把儿子弄丢了。他每天在五点区的大街小巷搜寻，询问流浪汉和流浪儿童是否见过玛沃。当然，他们见过许多流浪儿，但不知道哪一个是玛沃。五点区街上到处都是玛沃这样的孩子。

即便如此，他还是继续去麦迪逊广场公园，去看看那个关在笼子里的女人。

两周后，他从一个认识奥菲的女邻居那里得知，有人看到玛沃和一群阿拉伯流浪汉一起卖报纸，还有人看见他在公园街给人擦皮鞋。艾姆–皮赶去那些地方，却不见他的踪影，但艾姆–皮没有放弃。白天，他会花上几个小时去看那个女人，晚上，他会在那些阿拉伯人经常逗留的小巷搜寻。有一次，他被纽约大都会的警察逮捕了，因为他们怀疑他是个偷鸡摸狗的人。

几天后，两个儿童援助协会的人找上门来，其中一个抓着玛沃的颈背，好像玛沃是个罪犯一样。原来，玛沃这些天一直都在儿童援助协会经管的一家孤儿院过夜，那里的孤儿白天在街上卖报、给人擦皮鞋。孤儿院的人照顾着玛沃，以为他和其他小孩一样，是孤儿或无家可归的孩子。直到最近，他才告诉他们，他有父母，就住在五点区。他们不相信，但还是找机会把他带来了，万一他说的是真话呢。

"你揍过这孩子，"其中一个人说，"他告诉我们，他爸爸是祖鲁人。"

"没有，我没打过他。"艾姆–皮说，"我有工作，我去济贫院接他，但他不见了。"

"你爸爸为你如此努力地工作，你却跟着阿拉伯流浪汉跑了？"

"他恨我，"玛沃尖叫道，"我妈妈也恨我，她把我留给他，而他什么都不管，整天不见人影。"

对于艾姆–皮来说，玛沃的这些话就像长矛一样，刺破了他的横膈膜，让他心疼到窒息。但作为祖鲁战士，他必须假装若无其事。

"你是祖鲁人，已经六岁了，你得坚强。"艾姆–皮说完，转身对那两个人解释道，"我得工作，总不能每次接他迟了，他就跟那些阿拉伯流浪汉跑，他一定得坚强。在我的故乡，像他这么大的男孩已经在放羊了。"

"这里不是你的故乡，"其中一个人说道，"而且这里也没有羊，只有猪在街上游荡。"

"孩子，你爸爸得为你工作。"另一个人说道，"你真幸运，有一个愿意为了你拼命工作的爸爸。"

"我可以为自己工作。"玛沃说着从口袋里掏出几枚硬币给他们看，"我不需要任何人为我工作，我可以自己养活自己。"

两人建议艾姆–皮给孩子安排一个寄宿家庭，寄宿家庭由儿童援助协会负责管理。他外出工作的时候，寄宿家庭可以帮忙照顾玛沃，这样一来，孩子不仅有一顿热乎饭吃，有一张暖暖的床可以睡，还可以学到一门手艺。

* * *

雪已经停了，但艾姆-皮却懒得去掸帽子和大衣上的雪，他在公园的入口处站了一会儿，考虑要不要乘坐轨道马车。白人可能会让他进车厢，也可能不让他进，这取决于售票员是否心软。在这种天气，他不想待在车厢后的平台上，也不想待在马背后的平台上。

只要白人乘客不反对，马车司机就会允许黑人到车厢里面坐。但自从报纸上开始刊登自命不凡的黑人谈论权利平等的可怕新闻后，就很少有司机允许黑人进入车厢了。更糟的是，艾姆-皮一开口，白人立马就知道他是个外国佬。他们总是问："你有口音，你来自哪里？"当他告诉他们，自己是祖鲁人，一个真正的祖鲁人时，有些人却不以为意。对许多白人来说，祖鲁人不再是英雄了，这全怪那些假扮祖鲁人的美国黑人和白人骗子，满大街都是那样的人。就连《纽约时报》最近也在抨击阿拉伯、土耳其和祖鲁表演者的野蛮行为。报上说，与马戏团经理发生争执后，这些表演者在前往芝加哥集市的途中劫持了一列火车。时报还指责那些商人，说他们不该从开罗、君士坦丁堡和开普敦捡来那些最低劣、最肮脏的阿拉伯人、土耳其人和祖鲁人。尽管这些事件发生在伊利诺伊州，但有些纽约白人还是以怀疑的眼光看待这些外国人，也不愿意与他们坐在同一个马车车厢里。

在麦迪逊广场公园街区，他在一条刚刚铲过雪的人行道上慢慢走着。走过一排排曼哈顿上流社会人士的豪宅，他的思绪逐渐转移到了生意上。他想知道，斯劳和其他合伙人是否会同意搬到另一个城市，因为祖鲁人在纽约不再受欢迎，而美国中西部地区的人可能很想观看"友好祖鲁人"优雅的舞蹈，他们的表演还可以丰富许多州和县的集市文化。

她就在那里，坐在一排台阶的中间，台阶通向一栋高级住宅豪华的大门。艾姆－皮起初以为那只是个幻影，但当他走近时，他确定，她真的就在那里。她拿着一个他看不清是黑色还是褐色的盒子，专注地盯着里面的东西。她抬起头，一看到他，就将盒子对着他。他呆立在原地，直愣愣地盯着她看。她继续盯着那个盒子，他则朝台阶走去。

"别动。"她喊道。

这是他第一次听到她发出声音，圆润浑厚、强势有力。他立刻停下脚步。她努力稳稳地抱住放在膝盖上的盒子，但手还是有点发抖。她站起身来，他这才注意到她实际有多高。他心想，如果她站在他家门口，她的头一定会碰到门框。她向豪宅的大门走去，他在她身后喊了一声，

"嘿！"

她停下脚步，低头看他。只见她穿着一件飘逸的白色连衣裙，裙子与白雪融为一体，外面披着一件红色的斗篷，漆黑的皮肤在白雪的映衬下闪闪发亮。他不敢顺着台阶走向她。

艾姆-皮笑着说："哦，所以他们有时候会让你从笼子里出来？"

"当然。"她说，"如果把我一直关在那里，永远关在那里，那是不人道的，阿门。"

"你经常去做礼拜吗？这话我只在教堂里听过。"

"你去教堂做礼拜吗？"

"只有我老婆逼我去时我才去。"

"你还有老婆？"

"不要转移话题。我先问你的，你和教堂。"

"我的主人有时候会强迫我去那里，他说他要清除我脑子里虚假的野蛮人的神，这样我就能明白，耶稣是因为我的罪恶而死的。"

"你犯了什么罪？"

她咯咯笑起来，显然不明白罪恶意味着什么。他大概知道什么是罪恶，尽管他的理解很模糊。以前，信奉天主教的奥菲并不在意做礼拜的事。后来，因为他坚持要维护祖鲁人的尊严，拒绝表演"野蛮祖鲁人"舞蹈，结果导致他们的生活难以为继，进而导致他们的婚姻出现裂痕。在他们的婚姻走向终结的前几个月，奥菲坚持让他和玛沃为他们的罪恶祈祷。她哭着说，他们一家受苦，是因为她嫁给了一个来自非洲最黑暗地区的野蛮人，这个人对救世主一无所知，所以他们一生都要忏悔。

但自从奥菲跟着火车马戏团跑了以后，艾姆-皮就再也没想过自我拯救的事了。

"你到底要不要告诉我？"他轻声笑问。

她没有回应，而是上了几步台阶，走到门口，把门打开。走进屋子之前，她好奇地盯着他看了很久，然后"砰"的一声把门关上了。

他在那里站了一会儿，希望大门会再次打开，但门没开。

6

纽约市——1887年6月
照片

　　纽约巨人队以 29 比 1 击败了费城的费城人队，大街上一片欢腾。人群从马球场涌出，艾姆-皮和斯劳在 110 号街上的一个小吃店外等着。他们已经等了一会儿了，比赛比预期的时间要长。艾姆-皮等得不耐烦了，他宁愿去麦迪逊广场公园，再去看看丁卡公主是否在那里。自去年冬天以来，她就再也没有在那个公园出现过了。春天伊始，他就去那里找她，以满足内心的渴望，但她不在那里，在其他人种展览上也没有看到她的身影。整个区域都被围上栅栏，钉上了木板，看上去像是在为建筑工程做准备。几天后，他又去了那里，依然无果。但说不定那里的工程今天就完工了，展览又继续进行了呢。

"你相信这人吗？"艾姆－皮问，"你凭什么认为他会信守诺言？"

"他为什么不会信守承诺呢？"斯劳问，"他是个精明的经理人，而且他也能从中捞到好处。除了戴维斯，没人能做成这件事。"

大家都知道体育迷是什么德行，要是输了比赛，他们会很生气，会把一切都砸烂，再痛打一两个黑人；要是赢了比赛，他们就会很高兴，但还是会把一切都砸烂，再痛打一两个黑人。几个体育迷在经过艾姆－皮时，一脸凶狠地盯着他。但好在有斯劳在身旁，说明他不是个黑人流浪汉，他跟他的主人在一起呢。

斯劳傲慢地吸着雪茄，自以为是个了不起的经理人。过了一会儿，他们看见戴维斯拄着拐杖一瘸一拐地走过来。

"边走边说。"他说道，连招呼都不打。他是个不拘小节的人。"从这儿过去只有半小时的路程。"

"你确定可以走着去吗？"斯劳问道。

"我不是残疾人，我只是从楼梯上摔了下来，轻微扭伤了。"

他们一边走，戴维斯一边说，在谈任何交易之前，他们都得同意一件事，那就是，不管他们想让他帮忙促成什么交易，他都要从中抽取一半的分成。

"当然，"斯劳说，"这样才公平嘛，毕竟是你把我们介绍给这些人的。"

"我不同意。"艾姆–皮说，"就我个人而言，我首先想知道的是，这笔交易的具体内容是什么，对我们有什么好处。"

戴维斯轻蔑地看着艾姆–皮。

"这不就是那个自视清高的家伙吗？我让他免费看'野蛮祖鲁人'表演，他却觉得自己太高贵了，不适合看这种表演。"

"我只是对生肉不感兴趣。"艾姆–皮说。

"斯劳，当心点，你跟他合作，迟早会被他害死的。"

"这次不同，伙计。"斯劳说，"这次跟'野蛮祖鲁人'表演不同。"

"'野蛮祖鲁人'挣的钱远超你的想象，"戴维斯说，"但的确，这次不一样。这次是戏剧，将在百老汇上演。"

他告诉他们，百老汇和王子街上的尼布洛花园剧院将推出音乐剧《她》。该剧是根据亨利·赖德·哈格德的小说改编而成的，要讲述一个激动人心的故事。戴维斯解释道，艾姆–皮和他的祖鲁人肯定会非常喜欢的，因为这部剧以他的民族为主题，讲述的是两个英国人——霍勒斯·霍利和利奥·文西前往非洲腹地探险的故事。跟他们一起去的还有仆人约伯和阿拉伯船长穆罕默德。不幸的是，航行途中他们的船失事了，他们被一个叫作阿马哈格尔的野蛮部落抓住，倒霉的穆罕默德被野蛮人当晚餐吃了。冒险家们发现，这个部落由一个白人女人统治，这位女王凶狠可怕，人们都必须服从她。剩下的故事引人入胜，如果他们感兴趣，可以自己去读。在布伦塔诺书店，或者纽约任何一家热门书店都能买到这本书。

"斯劳，我已经和制片人谈过了，让你们这些真正的祖鲁人演野蛮人。"戴维斯说。他对自己提出的这个主意感到沾沾自喜。

斯劳也得意扬扬。这确实是个好主意。

前台事务经理把他们带到制片人的办公室。但三人还没落座，制片人斯基尔多尔·斯科尔尼克就告诉他们，这事没门儿。

"但你答应过的。"戴维斯说道。他比另外两人更恼火，因为那两人早已习惯被拒绝，而他不习惯。

"我没有承诺过你什么，我只答应和导演谈谈这件事。他反对这个点子，我也反对。尼布洛花园是一个正规的剧院，不是骗人的玩意儿，或者人类马戏团。"

"这个场地是因为菲尼亚斯·泰勒·巴纳姆在这儿搞过马戏团首秀才出名的。"戴维斯愤怒地说，"没有哪个娱乐节目能超越巴纳姆的人类马戏团。"

"那是五十年前的事了，"斯科尔尼克说，"尼布洛花园现在是个体面的百老汇剧院。我们这里雇用的是真正的演员，不是怪胎。"

艾姆－皮很好奇，怎么做才能成为一名真正的演员呢？毕竟，在他们的节目中，他们一直在表演，他们尖声喊叫，假装用长矛割开白人的喉咙，一切都是假装的，他们在现实生活中不是这样子的。这难道不就是表演的真谛吗？

"我就是演员，我是个真正的演员。"艾姆－皮说。

"如果你认为自己具备做演员的条件，你可以来试镜，"斯科尔尼克说，"我可以安排。如果导演喜欢你的表演，他会给你一个角色，不是因为你是一个真正的野蛮人，而是因为你是一个好演员。"

艾姆－皮很认同斯科尔尼克的观点，他主动提出要试镜。

"艾姆－皮，你只为你自己着想，而没有为整个团队考虑。"斯劳说。

"没错，"戴维斯说道，"如果他成了他们的演员，'友好祖鲁人'就完了。"

当他们被引出尼布洛花园剧院时，艾姆－皮说他改主意了，他不去试镜了，因为他有一个更好的想法。他们困惑不解地看着他。

"伊珊德瓦纳!"他尖叫道。

尽管塞茨瓦约国王三年前就去世了,而且他的名气也大不如从前,人们早已忘了他,但是如果创作一部有关伊珊德瓦纳战役的音乐剧,由"友好祖鲁人"团队和其他专业演员共同出演的话,音乐剧一定会大受欢迎。艾姆－皮提议和戴维斯坐下来谈谈,一起制订一个计划,然后由戴维斯把这个计划提交给尼布洛花园剧院的斯基尔多尔·斯科尔尼克。

* * *

玛沃现在被寄养在儿童援助协会负责监管的一个寄宿家庭里。在那里,那家人每天给他提供至少两顿饭,教他学手艺,并向他布道。他们告诉他,将自己的生命献给基督的人,死后会进入天堂,并获得奖赏。如此一来,艾姆－皮重获自由,他来去自如,而且很少待在桑树弯的出租屋里。

"友好祖鲁人"偶尔会在曼哈顿下城的人行道上表演,挣几个子儿,维持生计。运气好的时候,他们能在教堂、汤普森街或沙利文街上的某个俱乐部里搞一场真正的演出,这一片被称为"黑色百老汇"。但表演团的成员已经所剩无几了，许多成员离开团队，跑到其他搞祖鲁人表演的表演团去了，有的成员则被酒馆和鸦片馆吞噬，唯一保持初心的成员是萨姆森。任何时候，只要艾姆-皮和斯劳叫他，他都愿意加入他们的表演队伍。他现在还在附近的一家妓院做保安。因此，"真真祖鲁人"现在的街头表演团队缩减为三个人，第三个人是斯劳，虽然他是白人，但他别无选择。他们给斯劳编了一个故事：大约是在英国与祖鲁交战期间，他的父母把他遗弃在森林里，后来，一个祖鲁女人捡到他，并把他抚养长大。斯劳的新人生故事引起了人们的兴趣，他以祖鲁白人的身份出现在舞蹈表演中。他的出现，让"友好祖鲁人"这一主题更有说服力。"友好祖鲁人"是那么友好，他们甚至收养白人当兄弟，而不是吃掉他。另一方面，文明礼貌的祖鲁白人也驯化了另外两个祖鲁人。正因如此，他们的舞蹈才优美而又有节奏，不像观众设想的野蛮祖鲁人那样，野蛮无序地跳舞、残忍尖叫、疯狂旋转。在祖鲁白人的影响下，他们不再眉头紧锁，而是面带微笑。他们编排的故事和舞蹈吸引了一些观众。

有时候，戴维斯会来到艾姆-皮的出租屋，讨论创作《伊珊德瓦纳战役》音乐剧的提议，他们想在尼布洛花园剧院上演这部音乐剧。戴维斯已经和斯科尔尼克谈过这件事了，斯科尔尼克觉得，如果作品包装得当、理由充分，他可以找到投资人。

艾姆-皮曾提出去戴维斯的住所找他，他就住在麦迪逊大道上的一幢豪宅里，但戴维斯却坚持要和艾姆-皮一起挤在他五点区的出租房里讨论提议。艾姆-皮不明白，为什么像戴维斯这样有名的经理人不去自己的豪宅，在书籍环绕、通风良好的书房谈工作，却宁愿在闷热、简陋的出租房里谈工作。戴维斯解释说，在自己熟悉的环境里，艾姆-皮的想象力会更丰富，而豪宅的奢华环境会让他无所适从，妨碍他发挥自己的创造力。艾姆-皮明白了。

两人的讨论很有趣，充满了欢声笑语。戴维斯饶有兴趣地听着艾姆-皮讲述美丽的祖鲁少女的故事和祖鲁人的求爱仪式。当艾姆-皮说到不雅的部分时，戴维斯会放声大笑。他说，尽管故事主线是关于国王、士兵和战争，但要吸引观众，就一定要有一个爱情故事，一定要有漂亮的姑娘光着胸脯跳舞的情节，就像他在纽约看到的畸形秀表演一样。

有一次，两人会面讨论结束后一起往桑树弯外走去，戴维斯继续兴奋地谈论着有关祖鲁少女的设想。艾姆-皮有点担心，不知道这样的情节会不会影响国王和族人的声誉。通常情况下，从五点区步行到麦迪逊广场公园最多只需要四十分钟，但这一次，因为戴维斯腿脚不便，他们可能需要走一个小时。不过，他这次要比前几天好多了。尽管如此，遇到高低不平的路段时，戴维斯脸上还是忍不住露出痛苦的表情。他们一直在百老汇大街上走着，大部分时间都是戴维斯在讲话。到麦迪逊大街时，他们分开了，戴维斯走进了一幢豪华住宅，艾姆-皮去了麦迪逊广场公园的老地方。他从二十三号街的入口进去，因为那里更靠近曾经集聚所有展演的地方。

纽约公园委员会的园林设计师已经完成对公园的改造，所有的展览和畸形秀都被取缔了，摊贩和观众也都不见了，取而代之的是赏心悦目的草坪、一排排整齐的树木、一簇簇盛开的鲜花和遛狗的市民。他习惯性来到老地方，那里曾停放过一辆拉着一个笼子的马车。马车还在那里，只不过是在他的想象中，画面模糊不清。丁卡女人就像雾中的大眼幽灵，紫色的幽灵。他试图看清她的模样。她出现了，只不过不是丁卡公主的样子，她没有戴金色的纸皇冠、穿不同动物毛皮拼接而成的斗篷。他现在看到的是她六个月前紫色雪公主的样子。他坐在一张长凳上，闭着眼睛，细细品味这画面。但画面没有持续多久，雪公主的幻影消失了，他睡着了。

疾驰的马蹄声、磨轮声和男人的叫骂声把他吵醒了。

只见二十三号街上有一辆纽约警察巡逻马车，拉车的马很壮硕，马车上载有八个警察，还有一名司机，都穿着制服。艾姆－皮躲进附近的灌木丛，他担心警察会以街头滞留罪逮捕他。就在三天前，他在麦迪逊大道的豪宅外，也就是他最后一次见到丁卡公主的地方闲逛，警察逮捕了他。因为艾姆－皮站在豪宅外，盯着大门，然后继续往前走，过了一会儿又折回来。有人看到他在那里来回溜达，就报了警。如果房主是因为怀疑艾姆－皮在为入室盗窃踩点而报警的话，人们不会指责房主。警察把他押到局子里，审问了好几个小时。他解释说自己是表演祖鲁人秀的，但运气不佳，正在找工作，他们这才相信了他的话。他看上去确实很像是个在找工作的人，因为他穿着工装服。他跟警察解释说，他并不是在窥探豪宅，他在人行道上徘徊是希望有人能出来，这样他就可以求份工作了。警察问他，如果想和房主说话，为什么不敲门呢？他说，因为害怕。如果房主打开门，看到他那张黑色的脸，以为他是来袭击人的，然后直接对他开枪怎么办呢？艾姆－皮被放出来的时候，天色已经很晚了。他被释放是因为辖区警察为一伙真正的罪犯忙得不可开交，那伙罪犯因为分赃不均而大打出手，搞得满地是血。

　　他走出公园，确保走出了警察的视线，不再是他们注意的目标。他很想在回家之前再去一趟麦迪逊大道，希望今天不会被捕。在和戴维斯一起离开出租屋之前，他特意换上了一套体面的服装：礼帽、锃亮的皮鞋和礼服外套。以前，只有在奥菲强迫他去教堂时，他才会穿这些衣服。想必再蠢的纽约警察也不会把这样一位穿着体面的绅士当成游手好闲的人。

要是有办法搞清楚人种奇观展转移到什么地方去就好了，就是过去在麦迪逊广场公园展出的那些。

"嘿！爸爸！"这声音不熟悉，但是周围没有其他人，所以他一定是这声音所叫的"父亲"。他慢慢转过身来，看见了她——丁卡公主。她站在豪宅前的人行道上，一点也不像他记忆中或梦中雪公主的样子。她光着脚，穿着一件印花布连衣裙，那件衣服以前应该是白色的，但现在已经变成浅黄色了。她蓬头垢面，头发乱糟糟的。他朝她走去，浑身颤抖。

"他们今天没有抓你吗？"她问道。

"那次你看到了？"

"是的，从上面的窗户看到的。太有意思了，我们笑得不行。"

"你和谁？"

"我和玛丽亚·玛格达莱娜。"

"我是在找你的时候被抓的，你还觉得好笑吗？"

"我每天都看见你在我家门前游荡，我觉得很有意思。我跟玛丽亚·玛格达莱娜说起过你。"

这话让他很生气，但她似乎对此浑然不觉，她向他伸出手来，递给他一张卡片，他犹豫着没有接。

"快拿着，爸爸。这是你的。"她说。

他接过来，端详起来。当他认出那是他的照片时，他睁大了眼睛。那张照片上，在周围积雪的映衬下，他成了一个剪影，面部特征无法辨认，但那就是他，脑袋的轮廓、体形、站姿，那就是他。

"很抱歉照片不清楚，"她说道，"都是因为雪，而且我那时还在学习拍照，但现在技术好多了。如果你愿意，我可以为你再拍一张更好的。"

艾姆－皮惊讶不已，这个女孩整天待在笼子里，被当作人种奇观展的展品，但她竟然还是一位摄影师。他在现实生活中从来没见过摄影师，这也是他的第一张照片。

一位中年白人女性出现在门口，她穿着一件宽大的蓝色连衣裙，系着白色围裙，戴着白色帽子。

"阿科尔！"她粗声粗气地喊道。

"那是玛丽亚·玛格达莱娜吗？"艾姆－皮问道。

她点点头。

"阿科尔！"丁卡公主还是没理她。

"你叫阿科尔？"

"是的，但只有她这样叫我，其他人都叫我丁姬。但她叫我丁姬时，我就不理她，直到她叫我的真名阿科尔。"

"她现在就在叫你阿科尔，但你还是没理她。"

玛丽亚·玛格达莱娜气呼呼地走下台阶，一把抓住阿科尔的胳膊，一边把她往台阶上拽，一边斥责她是个不让人省心的姑娘，她要是再跑到街上去玩，杜瓦尔先生会怪罪自己的。在她们走进屋子之前，艾姆–皮听到玛丽亚·玛格达莱娜问阿科尔："他喜欢那张照片吗？"他听不清阿科尔的回答，但两个女人都咯咯笑着走进了豪宅，并随手关上了她们身后那扇用木头和铁做成的沉重大门。

回到五点区，他整个晚上都在盯着那张照片看，看上面被雪映衬出的自己的剪影，只有他知道那是雪。对于其他人来说，那只不过是白色背景上的一个黑色人影。

* * *

玛丽亚·玛格达莱娜从二十岁出头刚结婚时就开始为杜瓦尔先生工作，在他的杜瓦尔人种展览上给他帮忙。她丈夫生前经营这家公司时，公司规模还很大，有很多演出节目和各种各样的展览，而现在，这个公司的业务只剩下丁卡公主展览了。公司衰落是因为杜瓦尔好赌又嗜酒。当然，这是另外一个故事。丈夫去世后，玛丽亚·玛格达莱娜留在公司工作，兼任杜瓦尔的管家。如今，她唯一的工作就是照顾丁姬，或者说照顾阿科尔，那个女孩喜欢别人叫她阿科尔。

玛丽亚·玛格达莱娜讲述自己的人生故事，艾姆－皮也讲述自己的人生故事，两人一边讲故事，一边享用奶油面包、德国香肠和茶。艾姆－皮从自己在夸祖鲁的生活说到在开普敦的经历，再说到去伦敦和纽约的航程，以及在大师法里尼那里的辉煌业绩。尽管他顺便提到了奥菲和玛沃，却没有提及祖鲁人表演日渐惨淡时自己内心的孤独和挣扎。玛丽亚·玛格达莱娜对艾姆－皮说的这一切都很着迷。她是个很棒的倾听者，但轮到她讲述自己的人生故事时，她也毫无保留地分享自己生活中的点点滴滴。她来自奥斯曼帝国，但她对自己昔日在那里生活的记忆所剩无几。实际上，艾姆－皮对玛丽亚·玛格达莱娜讲的内容并不感兴趣，他想了解的是阿科尔现在的生活。

玛丽亚·玛格达莱娜很喜欢艾姆－皮来找她，陪她打发无聊的时间。因为此时，阿科尔正在广场上被展出，而杜瓦尔先生也出去做生意或寻欢作乐去了。有一天，艾姆－

皮来敲门。他已经厌倦了在外面鬼鬼祟祟地等阿科尔出来，特别是一想到她可能在窗口看着他，嘲笑他，他就壮起胆子，走上台阶去敲门。要是杜瓦尔在家，那就再说。还好是玛丽亚·玛格达莱娜开的门，她假装不悦，抱怨他竟敢不请自来，搅得她不得安宁，但她还是让他进屋了，并给了他一杯鸡汤。

"你只能待五分钟，"她说，"你得在阿科尔和打理展览的仆人或主人回来之前离开，否则他们就会发现你。"

五分钟变成了一小时。

几天后，他又来了，后面又来了一次。有一次他来的时候，阿科尔在家，但她没有跟他说话，她只是点了一下头，就进了自己的房间。玛丽亚·玛格达莱娜向他解释说，阿科尔结束展览回来时总是心情不好，也许是因为她要在一个狭窄的笼子里连续坐上几个小时，还要被色眯眯的男人盯着看。艾姆-皮在心里补充道，那些男人还对着她手淫，但他没有说出来。

今天，他决定留下来，等阿科尔结束展览回来，他要跟她谈谈。

"也许她会再给你拍一张照片。"玛丽亚·玛格达莱娜说，"据我所知，你是她唯一拍过的人，她一般只拍昆虫、鸟、树、花之类的东西。"

"生活在这种环境下的女孩哪会有钱拍照片呢？"艾姆-皮道出了自己的疑问。玛丽亚·玛格达莱娜告诉他，阿科尔用的是一台老式斯科维尔相机，是从主人那里买来的。

"起初，她看着杜瓦尔先生拍照，在暗房里洗照片，后来，她把相机偷出来，自己摆弄。如果哪天丁卡公主展览赚了不少钱，杜瓦尔先生就会特别高兴，他就会教她拍照，教她冲洗照片。"

尽管阿科尔没怎么和他说话，但他回家时还是感到轻松愉快。她一直称他为"爸爸"或"先生"，而且似乎在强调她只是把他当作父亲一样的人。的确，如果他和同龄人一样，在故乡积攒牲口和财富，娶妻生子，而不是在世界各地游荡，为白人跳舞取乐，那他的女儿也该有她那么大了。

一进出租屋，艾姆-皮就伸手拿起那张照片，轻轻抚摸起来。现在，他知道这位摄影师的历史了，尤其是他知道了，自己是她唯一拍摄过的人。他觉得这张照片比他想象的要珍贵得多。也许对她来说，他不仅仅像是一位父亲。也许这张照片意味着她喜欢他。

艾姆-皮有意提前结束了与戴维斯的会面。他再一次穿上周日礼服，然后去了麦迪逊大道。

"杜瓦尔先生已经去芝加哥好几天了，"玛丽亚·玛格达莱娜说，"我已经安排好了，你今晚可以带阿科尔出去，让她看看其他黑人在五点区是怎么生活的。"

"这是阿科尔的想法，还是你的想法？"艾姆-皮问道，他担心玛丽亚·玛格达莱娜可能觉得跟阿科尔在一起很累，让他把阿科尔带走，她可以暂时轻松一下，而阿科尔又不想跟他待在一起。

"这是我的想法，"阿科尔站在厨房门口说道，"我已经准备好了，就等你了。"

阿科尔转向玛丽亚·玛格达莱娜，严肃地说："决不能让别人知道这件事，否则，他们会告诉杜瓦尔先生的。如果那样的话，你就完蛋了，因为你是负责看管我的人。"

他们走了四十分钟才到达桑树弯，她一路上都保持沉默。艾姆-皮一直试图跟她聊天，但她只是咕哝一声"是"或"不是"作为回应，除此之外，一句多余的话都没有。

奥菲离开后，她是第一个来他家的女人，他不知道该怎么招待她。话说回来，你该怎样招待一个沉默寡言的女孩呢？她像是一个会瞬间消失的女孩，有那么一些瞬间，好像她根本就不在这里。也许她想出去，去附近的爱尔兰酒吧喝一杯，吃点东西？他提出这个建议，但她拒绝了，她说自己不喜欢拥挤的人群，她宁愿待在屋里，她在笼子里被那么多色眯眯的人盯着看，她这辈子已经看够了拥挤的人群了。

他出去了一会儿，从小饭馆买了一些土豆泥和炖牛肉。他把食物装在碗里端给她，但她只是用勺子拨弄着食物，一口都没吃。过了一会儿，她把碗放回桌上，说她不饿。

她拿出一本书放到桌子上，是一本破旧的廉价恐怖小说《黑贝斯》。

"想看吗？"艾姆-皮问道。

"可我不认字。我的看守有时会读给我听。"

"看守？"

"就是玛丽亚·玛格达莱娜。"

"我可以读给你听。"

"请读吧。"

他走近烟雾缭绕的油灯，小心翼翼地打开书，生怕中间的书页掉出来。他大声朗读起来，这是关于亡命之徒迪克·特尔平的故事。在这个故事里，主人公特尔平无恶不作，他抢劫、杀人，甚至闯入农舍偷东西。艾姆-皮被这个角色犯下的罪行吓到了，但阿科尔似乎很喜欢这些故事。特尔平被军人追赶，他骑上他的马"黑贝斯"飞奔而去，把所有人都甩在后面。听到这些情节时，阿科尔甚至咯咯笑起来。

"你喜欢这种故事吗？"艾姆-皮问道。

"为什么不喜欢？"

"这不是写给男孩子看的吗？"

"谁说的？"

"对于年轻女孩来说，这故事也太野蛮了。"

"他们不就是这么叫我们的吗？野蛮人？"

他继续读，一直读到结尾。她已经在打瞌睡了，但脸上却洋溢着幸福的神情。

他把她领到床前，她没脱衣服就快速钻到毯子里面，而他却脱光了衣服，躺在她身边，把她抱在怀里。他俩简短地恭维了对方几句，气氛有些尴尬，片刻沉默后，他吻了她，她也回吻他。很快，她激情难抑，如饥似渴地吻他，直到他四肢颤抖。他颤抖，不是因为期待，而是因为恐惧，于是，他停了下来，他不知道自己为什么恐惧。但她主动吻了他，不是那种在脸颊或嘴唇上的轻轻一啄，而是喘着粗气，将自己的嘴唇紧紧地压在他的嘴唇上，他以同样的方式回应她。他们持续亲吻了很长一段时间，直到他再也按捺不住。他心想，这个女孩想跟我做爱。他紧张而忙乱地在女孩身上摸索，寻找她内裤的拉绳，却没找到。她拿开他的手，摇了摇头。他们再次接吻，甚至比刚才那次更热烈。即使她可能会不高兴，但是他情难自抑，无法放弃。她似乎也很想做爱，于是，他再次试图伸手去摸索她的内裤拉绳，依然没有找到，他接着摸了摸她的胯部，希望能找到内裤搭门。她坚定地拿开他的手，有点不悦。但在女孩再次拿开他的手之前，他已搞清楚了，她的内裤上既没有拉绳，也没有搭门。显然，女孩穿的内裤与他老婆以前穿的那种有搭门的老式开衩衬裤不一样。

抚摸她的身体时，他意识到，她穿的是那种内裤与紧身胸衣相连的一体式内衣。她怎么买得起这么高档的内衣？她只是一个整天被囚禁在笼子里的女孩啊。她穿的每一件衣服应该都是女主人穿剩下的。像她这样贫穷的女孩，一般都没有穿内衣的习惯。但他顾不上去细想这些问题，也顾不上去寻找答案，此时此刻，他只想要她。

"请把内衣脱下来。"他恳求道。

"不，我穿着才有安全感。"她低声说道。

他唯一能做的就是把他硬挺的阴茎顶在她的胯部，温柔地抽动着，她疯狂地扭动着臀部回应他，他们互相摩擦着彼此的身体。尽管她还穿着衣服，但她呻吟着，似乎很享受这一切，仿佛这是一次真正的做爱。他告诉她，他快要射了，她说："请不要射到我衣服上，明天我还要穿这件内衣。"他尊重她的意愿，从她身上爬了下来，但他的阴茎仍然坚挺。他感觉到她的手在摸索他的阴茎。在她手里，阴茎硬挺，而且有节奏地搏动着，似乎它自己有一颗心脏。

她用力帮他手淫，直到他射精。

"谢谢你，谢谢你。"他说道。她在他肚子上擦去手上的精液。"我感觉和真的做爱一样舒服。你让我很开心。"

她立刻转过身去。"不，你感觉没有那么舒服，你只是说说而已。"

他拥她入怀，像抱着婴儿一样轻轻摇摆。我冒犯了她。我冒犯了她。这句话萦绕在他的脑海里。她这个年龄都能做我的女儿了，而我却冒犯了她。

早上，她拒绝吃早餐。在送她回家的路上，他告诉她，他爱她，他一定要把她从杜瓦尔那里救出来。

"你有什么把柄在他手上吗？"他问道。

"我属于他。"她说。

"没有任何人属于另一个人。你不要再去杜瓦尔那里了。他又能拿你怎么样呢？来吧，和我在一起。"

她没吭声。之后，他们一路都沉默无语。离杜瓦尔先生的豪宅只有大约两个街区的时候，她催他回去。她宁愿一个人走，她不想被人看见和他在一起。

这件事之后的许多天里，他一直被一种强烈的羞耻感折磨着，他不敢走近那栋豪宅，他不知道自己跟她之间算是什么关系，是情人吗？他是不是一个肮脏的老头，利用了女孩对父亲形象的信赖？但那次做爱又是怎么回事呢？

他想知道，她为什么会如此克制自己。她会不会是那种想为婚姻保持贞洁的女人呢？如果是那样的话，他会更羞愧。也许是他误读了女孩的意思，也许她并不爱他。但是她也回吻了他，不是吗？他们热吻过。在某些方面，她是主动的，否则他就不会继续了。他感到十分内疚。他利用了这个女孩吗？他强迫她了吗？他强奸了她吗？

他觉得自己很脏。

7

纽约市——1887年11月
求爱

斯基尔多尔·斯科尔尼克坐在烧得正旺的炉火前，一边读剧本，一边晃着摇椅。戴维斯和艾姆-皮满怀期待地盯着他。斯科尔尼克每皱一下眉头，他俩就不解地对视一下。他读得越多，眉头皱起的次数就越多，戴维斯就越忧心忡忡。

"你们显然不是什么作家。"读完剧本的斯科尔尼克说道。

"就目前而言，我已经尽最大努力了。"戴维斯说。

"剧本一团糟。这样的故事到处都是。"

"但是故事就是这样发生的，"艾姆-皮说，"整个故事都是。"

"我一点也不关心这个故事是怎样发生的，我想要的是一个故事，但这不是一个故事。不过，这个剧本还是有可取之处。如果你们接受我的修改建议，这将是一部伟大的音乐剧。"

听到这话，戴维斯笑了，艾姆-皮却皱起眉头，斯科尔尼克疑惑地看着他。

"你觉得我说得不对吗？"他盯着艾姆-皮问道。

"是的，先生，我认为不对。"艾姆-皮认真地回答道。

戴维斯使劲用胳膊肘推搡艾姆-皮的后背，艾姆-皮差点没站稳，他这才意识到自己可能说错话了。

"先生，我想说的是，这里是有故事的，这是我族人的故事。我亲自见证过，大部分情节我都参与过。"

斯科尔尼克说，剧中有不少东西，是他喜欢的，但是野蛮人不可能获得最终的胜利。是的，在伊珊德瓦纳战役中，他们的确赢了，但是这出戏必须发展到乌伦迪战役，结局必须是野蛮国王被打败。只有这样，观众才能心满意足地走出尼布洛花园剧院。

"大师法里尼说过，塞茨瓦约国王之所以受到白人的欢迎，是因为他打败了一个高级的文明国家。"艾姆-皮说道，"为什么我们不能以伊珊德瓦纳战役为主，只表现这个战役的辉煌呢？"

"我对大师法里尼心存敬意，但他对戏剧一窍不通。"斯科尔尼克轻蔑地撇了一下嘴，"这是戏剧，不是畸形秀。"

斯科尔尼克说，必须增加大量的虚构内容。野蛮国王的良心被吞噬了，他丧心病狂，他一定是被魔鬼附身了，已经发展到恩将仇报的地步了，就在此时，英国士兵攻进了他在乌伦迪的王宫，杀死了他。

艾姆-皮再次抗议道："但塞茨瓦约国王不是这样死的。"

"如果你想要真实性，那你就入错行了。"戴维斯说。

"我一点也不在乎真实性。"斯科尔尼克说，"我要的是一个卖座的故事，一个莎士比亚式的悲剧。你要么接受，要么放弃。"

很明显，会谈结束了。他们离开时，斯科尔尼克对戴维斯说，"下次不要带这个祖鲁人一起来。他太爱争辩了。"

一出门，戴维斯就说道，"斯科尔尼克不是斯劳，你不能这么跟他讲话，他不喜欢自命不凡的黑人。"

他转过身，一瘸一拐地走了。艾姆-皮站在那里，迷惑不解地看着离去的戴维斯，然后冲他大喊。

"我不是自命不凡的黑人！我是自——命——不——凡——的祖鲁人。"他强调"自命不凡"这个词，清晰地喊出了每一个音节。

＊ ＊ ＊

玛丽亚·玛格达莱娜安排阿科尔跟艾姆-皮在附近的公园见面。那里是他第一次见到阿科尔的地方。那时，她被关在笼子里展出。五个月前的那个晚上，玛丽亚·玛格达莱娜第一次让艾姆-皮把阿科尔带到五点区，这是她第二次放阿科尔出去了。她希望通过这种方式让阿科尔了解黑人是如何生活的。因为羞愧，艾姆-皮局促不安了好几天，但他还是忍不住又去了杜瓦尔先生的豪宅。

第一天，他在人行道上停下来，盯着楼上的窗户，希望其中有一扇是阿科尔或者玛丽亚·玛格达莱娜的卧室窗户。他逗留了一个小时左右，然后离开了。第二天，他下定决心去敲门，但就在指关节要敲到门时，他僵住了，于是又一次离开了。第三次，他试着要敲门时，又僵住了。而就在那时，玛丽亚·玛格达莱娜一下子把门打开，气呼呼地看着他。

"你对那个女孩做了什么？"她问道，甚至没等怯生生的艾姆-皮打完招呼。

"我什么都没做。我爱她。"艾姆-皮说。

"你不能爱她，你也不会爱她的，她不应该被爱。"

艾姆-皮目瞪口呆。

"我让她和你一起出去，是因为我认为你是一个负责任的成年已婚男人。"她补充道。

"我是成年已婚男人。她跟你说我对她做了什么吗？"

"我不知道。她不想谈这件事。但她说整个晚上只有你们两个人，你老婆孩子都不在家吗？你跟我说你结婚了，还有个孩子，你骗了我！"

"是的，我的确有个孩子，但我没有老婆了，她跟着马戏团跑了。"

玛丽亚·玛格达莱娜忍不住哈哈大笑起来。

"现实生活中真有人会这么做吗？"

艾姆-皮看起来很受伤。他老婆抛弃了他，跟马戏团跑了，他不明白这有什么好笑的。玛丽亚·玛格达莱娜突然又严肃起来，直直地瞪着他。

"你凭什么认为你可以跟阿科尔谈恋爱，还能保住你的小命？"

他站在那里，似乎被她问住了。她请他进来喝一杯豆子骨头汤。她往自己的汤里倒了些杜松子酒，说那是治疗膝盖乏力的药。艾姆-皮不是傻瓜，他闻出了杜松子酒的气味，所以他说，那是杜松子酒，不是药。

"当然是杜松子酒，"她说，"但也能治疗膝盖乏力。"

艾姆-皮说，他也想试试这样的疗法，免得将来膝盖疼。他从没想过会有人会往美味的豆子骨头汤里加酒，把汤给毁了。因为不经常喝酒，所以他的膝盖也开始不听使唤，不再强壮了。很快，俩人就傻傻地笑作一团。

就在这其乐融融的喝汤聊天过程中，他们酝酿出这样的计划：方便的时候，玛丽亚·玛格达莱娜就带阿科尔去麦迪逊广场公园，这样，艾姆-皮跟阿科尔就可以在那里见面。当然，前提是阿科尔想见他。

这个计划让艾姆-皮非常开心，连斯劳和萨姆森都注意到了他的改变。他们在田德隆的户外场地跳舞，玛沃给他们当鼓手，艾姆-皮重新找回了他在夸祖鲁时的天赋，那时，他的灵魂还没有被伦敦庸俗的舞蹈和纽约的失败击垮。他优雅地旋转、踢腿、跺脚。而他们不知道的是，他是在为阿科尔而舞。

艾姆-皮召唤她，让她站在第一排观看。她兴奋地拍着手，只有他看得见她。她的到来，使他的舞跳得更有力量，更有灵感，更加敏捷，更加持久。她成了他随时可以召唤的缪斯女神，而缪斯女神此刻就在他面前，她厚厚的红唇噘起，大大的眼睛笑眯眯的，巩膜雪白，虹膜漆黑，修长的四肢有节奏地晃动着，她也渴望跳舞，但她不敢抢他的风头。她知道，他在用舞蹈讲述故事，这是他的主场，她只需鼓励他跳得更高。她并拢双膝，轻轻地摇摆着身体。很快，他全力以赴，他在大楼楼顶上跳舞、旋转，然后，他以人类史上最长的步幅，跳到另一栋建筑物上，他以伊西西吉利舞的节奏挥舞盾牌，只见他将盾牌高高举起，直指云霄，又将盾牌放下，垂向屋顶。然后，他匍匐倒地，趴在地上旋转，接着，他又跳到另一栋楼上，以跳伊西沙梅尼舞的方式跺脚。他低下头，看见他的舞伴斯劳和萨姆森，仍在跳着不同的舞，努力跟上他的节奏。尽管十一月的天气很冷，但他们都大汗淋漓。他看见鼓手玛沃像精神错乱的鬼魂一般忘我地敲鼓。阿科尔在上空默默地盘旋着，鼓励他继续跳。尽管有观众在场，但他是为阿科尔跳舞。观众人数已经增加到接近一百人，他们一脸兴奋，惊叹不已。

萨姆森长长地吹了一声口哨，玛沃以最后一下重击结束了鼓声。舞蹈不可能永远继续。艾姆-皮和其他的舞者都落到了地上。观众们爆发出热烈的掌声和欢呼声。

"艾姆-皮，你拯救了'友好祖鲁人'。"斯劳上气不接下气地说道。

"你着了什么魔？"萨姆森问道，他也喘不过气来。

"阿科尔。"艾姆-皮说道，他气息平稳，就像那天他一步舞也没跳过一样。

没人理解他在说什么。

* * *

公园里，艾姆-皮和阿科尔坐在长凳上，玛丽亚·玛格达莱娜守在旁边。让艾姆-皮错愕的是，玛丽亚·玛格达莱娜总待在她能听到他们说话的距离内。她告诉他们，她必须守在他俩附近，因为公园管理员可能会把他们当成流浪者赶出去。阿科尔告诉艾姆-皮，玛丽亚·玛格达莱娜来这里，仅仅因为她是看守自己的人。她总是跟着阿科尔，甚至阿科尔来这里拍花的时候，她也跟着。

"我强奸了你吗？"艾姆-皮突然小声问道。他浑身颤抖，害怕听到她的回答。

"什么时候？"她没有像他那样低声耳语，反而声音很大。艾姆-皮立马看了一眼玛丽亚·玛格达莱娜。她站在离他只有几英尺①远的地方，假装在看一本廉价的惊险小说。艾姆-皮想知道她还能站多久。显然，她的杜松子酒对她的膝盖有奇效。他希望她能在几码②远的地方找一条长凳坐下，好好欣赏那本廉价的惊险小说。

"什么时候？你是什么意思？你觉得那样的事什么时候

① 1英尺约等于0.3米。——编注
② 1码约等于0.9米。——编注

才有可能发生呢？"

她摇摇头，表示他没有强奸她，她说道："我只是帮了你。"

艾姆－皮如释重负，但一转念，他又感到好奇，为什么那天晚上她拒绝跟他确立真正的亲密关系，疑惑又来了，也许她根本没把他当作情人，也许她认为他太老了，不愿与他发生关系，一定是这样，他太老了。疑惑过后，羞耻感接踵而至。他想到她的父亲，不管她父亲在哪里，大概也有四十多岁了，她父亲肯定会认为自己是一个利用小女孩的肮脏老头。但或许这真的与他无关，或许是她身体有问题，或许是她精神上有问题，又或许她只是个十几岁的孩子，从来没有与男人有过性方面的接触。但那天晚上，她帮他手淫，这或许说明，她在性事方面有经验。他是多么希望她能用语言表达自己的感情，告诉他，她在想什么，她想要什么，不想要什么，以及为什么。最重要的是，他想知道她对他有什么看法。他多次跟她说他爱她，她都以"谢谢你"作为回应。有时候，当他进一步追问时，她就说"这是相互的"。

"我为你跳舞。"艾姆－皮郑重地说道，眼睛盯着她，好像在期待她的赞美，或者期待她表达一下自己的感激之情。

"请不要跳。"她一脸惊恐。

"不，我不是说现在。我是说，在我和'友好祖鲁人'表演的时候。我为你跳了我族人的舞蹈。"

"但我没去看你跳舞。"

"是的。但我依然为你而舞，我在心里召唤你，你就来了，我为你而舞。"

她好奇地看着他，然后说："我也为你坐在笼子里。"

"你胡说。"

"我没有胡说。如果你能在我不在的时候为我跳舞，我也能在你不在的时候，为你坐在笼子里。我们彼此彼此。"

"说的好像坐在笼子里很痛苦似的。"

"是很痛苦。我不想被理想化。"

"但我确实是这样想的。你是我的缪斯女神。你知道缪斯是什么吗？"

"我不想当缪斯女神。这对我来说是沉重的负担。"

"好吧，我只想娶你。你不必成为缪斯女神或其他什么人，嫁给我就行了。"

艾姆-皮的话让玛丽亚·玛格达莱娜很不安，她走近了一些，假装欣赏旁边羽状功劳木丛中的一朵冬日盛开的花。她假装咳嗽了一声，以此警告他俩，她就在附近，什么都听到了，她不赞成他们话题的指向。而阿科尔则面无表情，仿佛没有听到什么令她震惊的话。

"你难道不认为这是个好主意吗？"

阿科尔看着玛丽亚·玛格达莱娜，摇了摇头，表示拒绝。不知道她的真实感受，艾姆－皮很沮丧。有时，她只以"是"或"不是"回应他，除此之外，她什么都不说，这让他很难了解她。直到今天她脱口而出那句话，他才意识到，他把她理想化了，而她一直反感他这样做。也许她应该补充一句，她只想一个人待在这世上，孤独地待在狭窄的笼子里度日。她的发声和沉默似乎都表明了这一点。事实上，对于艾姆－皮把她当作偶像来崇拜这件事，她的反应很冷淡。但既然提出了这个话题，他就不得不把这个话题延续下去。

"很难相信，像你这样正值妙龄的努比亚公主竟然没有追求者，你甚至连一个男人都不想交往。"

"我发誓决不结婚。"她毫不客气地说道。

他们沉默了一会儿。玛丽亚·玛格达莱娜站得更近了，提示阿科尔该离开了。但这对男女却固执地坐在那里，丝毫没有起身的意思。

"你没有权利把我理想化。"她开口说话了，"你把我理想化了，这让我感到很恐惧，让我害怕你，这种理想化令我毛骨悚然，我不是你想象中的那个人。"

这是他听她说过的最长的一句话，他哑口无言，但也希望这是一个好的开始，他希望他们以后的交流会更顺畅。

"你听到她说的话了。"玛丽亚·玛格达莱娜说道。

"在你的眼皮子底下，我怎么能好好地向她求爱呢？"

"她没有时间接受任何人的求爱。"

"我爱她，但不是在这里。她不属于白人的世界，白人的世界是一座监狱，白人世界里所有的一切，都是她的牢笼，是她的监狱。我要带她到我的王国去，和我故土的自由少女们一起尽情享受初果节的欢乐。我想为她跳舞，直到她明白我是她的理想爱人。如果她不想要我，我就一直跳下去，直到跳死为止。"

阿科尔瞪大了眼睛，露出了最灿烂的笑容，他从未见她这样笑过，她的牙齿在冬日的阳光下闪闪发光。大受鼓舞的艾姆－皮开始遐想一年两次的初果节。纽约和夸祖鲁在同一时间是不同的季节。每年，在夸祖鲁的夏至之前，也就是纽约的这个时候，他和其他勇士都会穿上全套战衣。年轻人会在沿海地区搜寻新长出来的葫芦，做成容器，用来盛浓烈的啤酒，这种啤酒是由当季的第一批高粱米酿成的。他们还会采集亚麻，用来给国王织衣服。每年这时，战士们会去王国的每一个角落，收集代表民族灵魂的天然材料，一般都是被国王的朋友和敌人、首领和将军、拥护者和仇敌碰过或拂过的东西，比如草、木头、土、石头等。
这些东西被带回后宫中心的小屋，用于修整伊卡塔垫子。
伊卡塔垫子是自然概念的艺术作品。国王坐在垫子上冥想
或进行沐浴仪式。在这段时间里，年轻的男性和女性会分
别聚在一起，为即将到来的宴会练习唱歌。

　　所有这些庆祝活动在十二月达到高潮，这是初果节仪
式中最隆重的一个月。阿科尔身材苗条，四肢修长。在祖
鲁女人中，甚至男人中都没有像她这么高挑的人。她将带
领她的团队跳舞，伴舞的歌曲是用来吸引国王的："到这里
来，国王，到这里来！"实际上，他现在已经不再是艾姆-
皮了，而是姆皮耶津托姆比，一个用狮血清洗过长矛的勇
士。他微笑着站在一群等待跳舞的勇士中。他知道阿科尔
是他的，国王根本没有机会得到她，如果约翰·唐恩还在
这里的话，他也压根儿没有机会得到阿科尔，因为白人曾
将阿科尔关在笼子里。

　　轮到勇士们跳舞了，每个军团轮流跳舞，勇士们都使
出了浑身解数，想要努力超越前一支队伍，他们都想给国
王留下深刻的印象。但是姆皮耶津托姆比带着他的军团跳
舞，只是为了让阿科尔高兴。他朝她的方向跳舞，这令贵
族们大为恼火，因为他们一直对阿科尔垂涎欲滴。接着，
他离开其他跳舞的勇士，在阿科尔面前独舞。

　　玛丽亚·玛格达莱娜瞠目结舌，阿科尔也从凳子上站起来，直往后退。疯狂跳舞的艾姆－皮突然停了下来，他发现自己不是在夸祖鲁的都城翁迪尼跳舞，而是在麦迪逊广场公园，这使他感到很难为情。

　　"这种舞和我们丁卡人的舞蹈不同，但跟我们的舞蹈有相似之处，好像这种舞蹈所呈现的世界离我们丁卡人不远。"阿科尔说。

　　至少他对自己故土的幻想让她卸下了防备，她的表情看起来已不再紧张，她的脸自然光滑，不再紧绷。

　　"跟我说说你们的初果节，你还记得吗？"他问阿科尔。

　　甚至玛丽亚·玛格达莱娜也很期待阿科尔的答案。她坐在长凳上，仔细听着，好像他俩邀请她跟他们坐一起一样。艾姆－皮不解，如果玛丽亚·玛格达莱娜对阿科尔感兴趣，为什么她从来不主动去了解阿科尔被囚禁前的生活。

　　"我不记得初果节。"

　　但她记得建在木桩上的底部架空的棚屋。阿科尔故乡的那片土地比美国的任何平原都要平坦，哪里都是平的，甚至可以顺着平坦的路一直走到茂密森林的入口。郁郁葱葱的绿色土地绵延数英里，一直延伸到白茫茫的沙漠边缘。土地、风景、蜜蜂和蝴蝶，所有这些，尤其是土地，是她永远割舍不掉的记忆。

阿科尔补充说："春天的时候，我来这里拍摄松鼠、假山和花。每每这时，我就会想起自己还是小女孩的时候，那时，我能让蜜蜂和蝴蝶在我头顶飞舞。所以，我离开公园的时候，蜜蜂和蝴蝶就会跟在我后面飞。"

"你从来没跟我说过这些。"玛丽亚·玛格达莱娜说道，她显然是嫉妒了。这么多年来，她对阿科尔的故事一无所知，而艾姆-皮现在却知道了她的故事。"我从没看到过什么蜜蜂！"

"嗯，我看到过。"阿科尔坚定地说。

她愿意交流了。她现在愿意交流了。

还有捕鱼大会。她还记得捕鱼大会。艾姆-皮告诉她，夸祖鲁没有捕鱼大会，祖鲁人不吃鱼。她很失望，如果河流和大海里没有鱼，她怎能在山谷里跳舞呢？艾姆-皮告诉她，夸祖鲁的河里和海里有很多鱼，但祖鲁人并不觉得鱼好吃。这令她失望，但这是祖鲁人的问题，不是她的问题。

她的父亲是鱼矛大师，天生就有神奇的力量，他负责照看流经他们村庄的鱼。她还记得，村子里的妇女们，无论老少，每天都在河边钓鱼、晒鱼、载歌载舞。有时，女人之间会发生争斗，特别是年纪较大的女人，她们会因为年轻女人对她们不恭敬而生气。这样的事会惹怒河神，河神生气了，鱼矛大师也会生气。每每这时，鱼矛大师就会挥动着他的鱼矛，嘴里念着咒语，让所有的鱼都逆流而上，游向那些它们备受敬重的地方。于是，村里的女人们就会带着求和礼物——鱼，到阿科尔家里，请求她父亲的宽恕，她们还为鱼矛大师献上一支又一支的舞蹈，直到他不再生气。鱼矛大师长矛一挥，咒语一念，鱼很快又会游回来。

歌声、鼓声和人们跳舞的声音在山谷间交相回荡。村落里，人们用各种方式烹制鱼肉，香味弥漫整个村庄，那是她幼时生活中最美好的时刻。

艾姆-皮热泪盈眶，阿科尔描述的是他从未去过的世界，他对那个世界充满向往。她大吃一惊，以为自己说错了什么话。玛丽亚·玛格达莱娜决定对阿科尔严加管教，她严厉地说："我认为，杜瓦尔先生要是听到你满脑子都是这些古怪的念头，他会不高兴的。你一进屋就得用肥皂把舌头洗一遍。"

说到这里，玛丽亚·玛格达莱娜伸出双手去拉阿科尔，强迫她站起来，但艾姆-皮不让她走，他站在她们前面。

"我爱她。"他对玛丽亚·玛格达莱娜说，并转向阿科尔重复道："我爱你。"

"让开！"玛丽亚·玛格达莱娜大叫道。

"你一定要说点什么，阿科尔，我爱你，你不能置若罔闻。"

"爱是相互的。"阿科尔轻声说道。

意识到艾姆－皮被这句话激怒，两个女人面面相觑。没有听到她说"我也爱你"，艾姆－皮很沮丧，但她们都没有看出艾姆－皮的不快。

"爱是相互的？这到底是什么意思？我说我爱你，你却告诉我爱是相互的？"

"你要我怎么样？"

"我爱你。"

"竟然为这个要脾气？你算什么男人？"玛丽亚·玛格达莱娜说道。

"也爱你。"阿科尔勉强地挤出了几个字。

他还是不满意，因为她还没有承认自己的感情。没有"我"字，一切都显得那么冷淡。但她很固执，一个字都不再说了。结果反而是阿科尔拉着玛丽亚·玛格达莱娜的袖子，催促她快走了。

"你永远都不可能从她那里听到'我'字。"玛丽亚·玛格达莱娜边说边摇着食指走开了，"如果你听到了，你会没命的。"

艾姆－皮只能双手抱胸，深吸一口气，看着她们离开。

她越走越远，美丽的身影却越来越清晰。

8

纽约市——1889年7—8月
尊严美学

　　这就是为什么他差不多有十七个月没去找阿科尔。从长远来看，你没办法去爱那些不回应你的人或物，无论是感性或有智慧的人，还是有生命或无生命的物体。两情相悦有很多种表现形式，其中一些是无声的。某些时候，暗恋会变成憎恨，因为这两种情感息息相关。有时，爱与恨之间的分界线很模糊，很难看清。

　　作为一个女人，她已经离他而去；但作为缪斯女神，她仍然在他心里。三人小团体继续在田德隆的室外和室内场地跳"友好祖鲁人"舞蹈。艾姆－皮在内心召唤阿科尔，并为她而舞。他飞起来了，观众被历史悠久、形式多样的真正的祖鲁舞蹈迷住。他跳的舞是结合了乌姆赞西舞和赫维萨舞的变体，这种舞是由乌卡兰巴山脉的战士和少女们普及的。他也跳了乌姆辛加人民喜爱的伊西西吉利舞和伊西沙梅尼舞。接着，他又跳了一些伊西卡塔米亚舞的动作。艾姆–皮表演的舞蹈，后代需要几十年甚至几个世纪才能创造出来。是阿科尔的诉说赋予了他力量，这种力量让他看到了未来。

她为他的舞蹈注入力量，而他却恨她。即使他从任何角度都能看到她，看到她拍手为他鼓劲，他还是非常恨她。

如果他敏捷的舞蹈表演没有改变他们三个人的命运，他们也会恨他的，因为他在炫耀自己的舞技，而且他的舞蹈暴露了另外两人舞技拙劣的事实。但只要能获得在田德隆的夜总会、沙龙和舞厅演出的邀请，他们两个什么都能接受。尽管许多时候，他们是被雇去像表演杂耍一样帮别人暖场，或者在小俱乐部和有伤风化的妓院里演出，但好歹他们已经恢复了生计。就连萨姆森也不再后悔离开大师法里尼，也很少去妓院兼职当保安了。

艾姆–皮告诉他们，应该把现在的成功归功于她，一个被关在笼子里的女人。在认识她之前，他只知道她被称为丁卡公主丁姬，后来才知道她叫阿科尔，她父亲以他最喜欢的黑奶牛的名字为她命名。演出结束后，他们在酒馆里喝啤酒，他向他们俩讲述了自己与这个女人的邂逅，以及他对她的了解如何有限，但他没有讲述他跟阿科尔一起度过的那个令他费解的夜晚。他才不想让他们知道，是因为自己经验不够，才无法跟那个上帝送到他床上的女人共度良宵的。这两个粗鲁的笨蛋肯定会嘲笑他。他告诉他们，阿科尔对于他来说就像缪斯女神一样。尽管他会继续利用阿科尔，在舞蹈中展现阴柔的一面，但他现在依然很恨她。

有时戴维斯会和他们一起喝一杯。他们问他"野蛮祖鲁人"的生意如何。尽管他似乎不愿多说，但还是告诉他们，虽然六年过去了，他的表演仍然很受欢迎，他们早就从朗埃克广场搬到了一个室内场地，但他不愿透露地点。艾姆-皮怀疑事情并不像戴维斯说得那么好，要不然，他怎么会和斯劳走得这么近，而斯劳实际上并没有什么可供戴维斯利用的。为什么他会对他们现在所谓的塞茨瓦约项目和"友好祖鲁人"如此感兴趣？难道他想从中分一杯羹？

尽管艾姆-皮和戴维斯关系紧张，但他们还是会时不时地碰个面，有时是在五点区，有时是在一个街边的小酒馆，但他们从来没有在戴维斯的住宅里会面过。戴维斯不再一瘸一拐了，但是他的手臂骨折了，绑着绷带，所以写字有点费劲。他说他滑了一跤，从旋转楼梯上滚了下来。他一定是个很容易出事故的人。

这天早上，在艾姆-皮的出租屋里，戴维斯在狭小的空间里来回踱步，艾姆-皮坐在一张摇摇晃晃的椅子上读着剧本。

"这是什么？"艾姆-皮问，"'我看见怪兽、恶魔和魔鬼驱赶着这位凶残的国王，并赋予他邪恶的力量'？我的国王不是这样的，我认识的塞茨瓦约不是这样的。"

"你哪一点不明白？"戴维斯问，"这就是一出戏。我们他妈的是在演戏。"

"他妈的？你跟斯劳来往太多了。"

"一部伟大的戏剧必须有关于善与恶的道德规训，否则有什么意义呢？国王和他的将军们代表邪恶，而英国人和他们的指挥官们代表正义。"

"在我的家乡可不是这样，"艾姆-皮激动地说，"我们是一支正义之军，我们为保护我们的土地和牲畜免受侵犯而战。"

戴维斯竭力想使他平静下来。

"你和我都知道，"他轻柔地说，"但是百老汇的观众们不知道，他们不会接受这样的故事设定：白人基督徒背负骂名，成为邪恶的人，而野蛮人却是好人。"

艾姆-皮仍然不满意，他低声咕哝道，如果戏剧是建立在歪曲事实的基础上，那就不是他想要的。

"这是我们的重大突破，伙计。"戴维斯恳求道，"我是说，这是你的大好机会。演出你自己参与创作的戏剧，你有机会成为百老汇的当红演员。你听斯科尔尼克说过的，这部剧会大受欢迎，他会获得不菲的收益。所以，我们需要一种可以推动国王的力量，没有恶魔和魔鬼，我们就无法将国王的残忍行为合理化。"

"我绝不允许我的剧本里出现这样的情节。"艾姆－皮决绝地说道。他走到门口，打开门，示意戴维斯离开。

"你的剧本？这是我的剧本，我才是作者，你只不过是个助手。"

艾姆－皮表示自己不想多言。

"我本想让你富起来，你知道吗？就像我让许多祖鲁人富起来一样。告诉你吧，我前几天跟斯劳和萨姆森聊过了，他们跟我说了你那个丁卡女人的事。我告诉斯劳，我可以付钱买下她，我们可以利用她赚很多钱。"

他似乎没有注意到，艾姆－皮快要气炸了。

"我认识她的主人杜瓦尔，他是我的邻居，一个一无是处、爱喝波旁威士忌的赌徒。我们可以为你的丁卡女人谈个好价钱，包括马车、骡子和笼子。白天，她可以坐在笼子里为我们赚钱，晚上，你可以独享她。"

艾姆－皮扑向戴维斯，戴维斯吓得目瞪口呆，艾姆－皮抓住他的后颈，把他推了出去。关上门后，艾姆－皮站在那里，喘着粗气，用祖鲁语咒骂戴维斯。如果翻译过来，你根本不想知道他骂了些什么话。

* * *

阿科尔在他脑海里消失后没多久，缪斯女神的力量也消失了。数日来，她越来越模糊，直到她拒绝回应艾姆–皮的召唤。艾姆–皮的跺脚动作越来越无力，越来越不稳定。与此同时，大师法里尼回到了麦迪逊广场花园。这里说的是一个位于东二十六街和麦迪逊大道东北角的富丽堂皇的场所，而不是那个翻修前丁卡公主曾被展出的麦迪逊广场公园附近的演出场馆。观众们不再喜欢看艾姆–皮团队的表演，而是选择去看法里尼的祖鲁人表演，因为他们认为"友好祖鲁人"身上没有一根硬骨头，跳起舞来软绵绵的，而法里尼的祖鲁人表演令人毛骨悚然。

雪上加霜的是，萨姆森也离开了他们，回到了大师法里尼那里。走钢丝的杂技演员欢迎他回去，但愿他们这样做只是为了气一气史上最大的叛徒：斯劳和艾姆–皮。

"友好祖鲁人"别无选择，两人只能艰难地维持生计，他们想不出任何可以吸引观众的滑稽动作。斯劳惦记着戴维斯的天才创意，认为只有戴维斯才能拯救他们。毕竟，他是经理人，是他构思了"野蛮祖鲁人"表演，但是戴维斯已经差不多一个月没有露面了。

今天也没有什么起色，吃的也快没了，"友好祖鲁人"得沿街卖艺。艾姆－皮尝试让玛沃离开济贫院，过来帮他们打鼓，但玛沃声称，因为在一台接一台的机器上劳作过度，他的手非常疼。他最近一直在找各种借口，有时是头痛，有时是胃痛或头晕。但在他没注意到艾姆－皮的时候，艾姆－皮曾看到他和其他男孩一起玩接球游戏。

艾姆－皮跟斯劳在街头表演，只剩他们俩了。也许他们应该把团队的名字改为"黑白祖鲁人"，这可能是一个新的卖点，他想劝说斯劳接受这个主意。说到斯劳，艾姆－皮疑惑，到底是什么促使斯劳对一个溃败的团队仍保持忠诚。也许这不是忠诚，而是没得选？艾姆－皮相信，只要大师法里尼想要斯劳，他立马就会回去。也许他是想接近戴维斯，分一杯羹，然后成为大亨，在麦迪逊大道拥有一栋属于自己的豪宅。

"你最近跳舞跳得像个祖鲁白人，老爹。"斯劳自鸣得意地说。他认为自己终于有一次跳得比艾姆－皮好了。

"闭嘴，快跳吧。"艾姆－皮说道，然后开始唱战歌，拍手打节奏。

斯劳伴着歌声，像野猫一样在艾姆－皮周围爬来爬去，似乎准备扑向猎物。为了使表演更有节奏，艾姆-皮在人行道上使劲跺脚。两三个旁观者好奇地看着他们俩，其中一个人可能觉得他们不会有什么新花样，就厌倦地离开了。三个衣衫褴褛的人，可能是街头流浪的阿拉伯人，也跟着他们跳起来，一脸嘲弄的神情。艾姆-皮和斯劳试图把他们赶走，他们却哈哈大笑起来。

一辆双轮马车停在他们跳舞的人行道旁。坐在高高的座位上的车夫朝跳舞的人挥舞一封信。斯劳跳起来去接，瞥了一眼后又递给了艾姆-皮。艾姆-皮读着信，一脸愁容。这是玛丽亚·玛格达莱娜的来信，他得赶快过去，阿科尔想见他。他曾发誓要忘记阿科尔，但他还是得去，阿科尔在呼唤他。他毫不费力地跳上马车。斯劳伸手去拿人行道上的帽子，里面只有两枚硬币，他抓住马车，也想爬上去。

"我奉命来接一位先生，不是两位。"车夫说，"我是来接这位黑人先生的。"

斯劳没有理会他，而是在艾姆-皮旁边坐下。车夫摇摇头，策马慢跑起来。

"这是怎么回事，老爹？"

艾姆-皮没有理他。一路上，他俩都默不作声。

玛丽亚·玛格达莱娜在房子外面等着。

"她在公园。"她说着，把车夫打发走了。

这次轮到艾姆–皮问是怎么回事了。玛丽亚·玛格达莱娜没有回答他，而是转身看向一路跟随的斯劳问道："这是谁？"

"我是切斯劳·特泽特泽列夫斯卡，随时听候您的差遣，夫人。"斯劳说着，礼貌地鞠了一躬。

"他说话真有趣。"玛丽亚·玛格达莱娜说。

"因为我是伦敦人，夫人，土生土长的伦敦人。"

公园里，阿科尔正在将她那台陈旧的斯科维尔照相机对准一只停留在树叶上的虫子。

"她就在那里，在叶子和虫子上浪费胶卷，就是不拍人。"玛丽亚·玛格达莱娜说。

阿科尔向他们发出嘘声，示意他们小声点，别吓着她的拍摄对象。阿科尔若无其事的态度让艾姆–皮有点失望。她叫他来，他忍不住来了，殷勤地站在她跟前，而她竟将所有的注意力都集中在一只虫子上？

终于，在拍完一张令她满意的照片后，阿科尔示意艾姆–皮跟上她，两人走到稍远的一张长凳边坐下。斯劳正准备要跟着他们，玛丽亚·玛格达莱娜拦住了他，他们另外找了一个地方坐下来。

"上次，你强迫我回忆往事。"他们一坐下，阿科尔就说道。

"那次我们在想象中畅游你的蝴蝶和蜂蜜之乡，你看上去很投入。我不认为是我在强迫你回忆你的故乡。"艾姆－皮说。

"我的身体在抗拒回忆，除了蝴蝶和蜂蜜，我什么都想不起来，直到你回忆起你的初果节。直到那时，我的身体才不再抗拒，我才回忆起那些。我在你这里学到了如何回忆，却不自知。你走后我才意识到，我不是个好学生，因为你一走，我就忘了。我想要你帮我重新回忆起来，我很想记起往事。"阿科尔说这话时非常激动，艾姆－皮忍不住目不转睛地盯着她的脸，只见她眼含热泪，如果她不让眼泪滚落下来的话，它们好像会凝结成玻璃。

从他的表情看，他很失望，而她则沉浸在失忆带来的痛苦中，没有察觉他的失望。他希望阿科尔叫他来，是因为她想要他，而当他知道她只是想让他帮忙唤起回忆时，他的自尊心受到了打击。

"我的牙齿看起来怎么样？"她张开嘴，让他看她的牙齿。她的牙白得发亮，牙齿边缘几乎是半透明的。"我早餐吃了面包，喝了茶。茶和咖啡会弄脏我的牙齿。我讨厌把牙齿弄脏。"

"一点也不脏，你的牙齿是我见过的最漂亮的牙齿。"

玛丽亚·玛格达莱娜与他们保持距离，但始终确保阿科尔在她的视线范围之内。她得同时关注三件事：阿科尔、廉价惊险小说以及斯劳。艾姆-皮猜测，玛丽亚·玛格达莱娜肯定很厌烦斯劳，就像他厌烦斯劳一样，因为斯劳太爱吹牛。她一定很好奇，阿科尔为什么要对一个男人露出牙齿。难道这是非洲人调情的一种方式？

"我恨这些牙，"阿科尔说，"不是所有牙齿，主要是下面中间那六颗牙。"

这些牙本应在她十岁时就拔掉的，她这会儿想起自己为什么讨厌这些牙齿了。她的身体配合她回忆往事，随着回忆的深入，她浑身颤抖，脸逐渐变形。那应该是一场盛大的仪式。在仪式上，她的牙齿要被拔掉，这意味着她要成年了，她将成为部落里年轻漂亮的女人。在她的部落里，年轻漂亮的女人主要特征就是没有中间的下牙。

拔牙仪式上要用到鱼矛。她是鱼矛大师的女儿，已经十岁，可以拔牙了。一切准备就绪，通往成年女性的大门即将打开。而此时却出现了意外，阿拉伯的奴隶贩子带着枪和骆驼商队来到他们部落，随机掳走了她的家人。有些家人逃到了森林里，但阿科尔和她的父母以及一个姑妈被抓住了。入侵者知道什么时候突袭最合适。当村里的勇士出去打猎或放牛，妇女们去种植花生、大豆和高粱时，只有小孩、老人等体弱的人以及鱼矛大师在家。而今天是拔牙日，所有家人都会在家。

"我姑妈说，这都是我父亲的错，"阿科尔说，"在被运往北边的路途中，姑妈说了一路。一个吉恩①女人唠叨起来绝不亚于任何女人，而且我姑妈说话很犀利。"

"吉恩女人？你姑妈是另一个部落的人吗？"艾姆－皮问。

"吉恩人，指的就是我的族人。我们这样称呼自己，或称自己为穆恩让②。我们并不知道'丁卡'这个名字。这个名字是别人对我们的称呼，也许是阿拉伯人这么称呼我们。我们被抓后才第一次听说我们是丁卡人。"

阿拉伯人把阿科尔一家卖给了法国企业家杜瓦尔先生。在杜瓦尔于巴黎举行的人种博览会上，这家人成了最受欢迎的展品。

"我们以前从不知道人可以被用来展览。人们过来盯着我们看，而我们只是坐在那里，什么事都不用做。有时，我的母亲会摆弄我的头发；有时，我的父亲会小声给我讲述勇士出征的故事；有时，我会打瞌睡，梦见和朋友们在河里玩。我的父母没有中间的下牙，他们都很好看，而我是唯一有满口牙的丑八怪。我一直闭着嘴，坚决不让巴黎

---

① 吉恩，原文Jieng，南苏丹的一个非洲部落名。——译注
② 穆恩让，原文Muonjang，是吉恩的别称。——译注

的人看到我是一个满嘴牙齿的吉恩女孩。"

因为姑妈的唠叨惹人烦，所以杜瓦尔把她卖给了另一家公司。这件事似乎让大家都有了危机感，男性展品开始焦虑不安，女性和儿童展品也受到了影响。大家发现，面色红润的展品比焦虑不安的展品更受欢迎。巴黎的游客、学生，甚至婚礼上的客人，他们都想看到祥和的家庭组合心满意足地坐在这个绚丽夺目的文明世界里。他们远离原始丛林，饮食规律，因此开始发胖，他们无忧无虑，只需静静地坐在那里，蜷缩着修长的四肢，坐在波斯地毯上。

显然，这对姑妈来说不是一个理想的所在。她不停地唠叨，直到他们把她挪走。而鱼矛大师却以坚韧的意志承受着姑妈的唠叨。他知道，正如她所说，他们被囚禁都是他的错，因为他信仰白人的上帝，成了基督徒。他挨家挨户地宣传自己是福音传道者，并敦促吉恩人追随耶稣基督，那是来自遥远城市拿撒勒的神。人们对鱼矛大师的行为感到愤怒，包括长老们。氏族的灵魂伊思也被激怒了，因为鱼矛大师抛弃了尼亚利克[①]，选择了白人的上帝。甚至是登[②]，最接近尼亚利克的神，也被激怒了。他用雷声表达愤

---

① 尼亚利克，原文Nhialic，是南苏丹丁卡人至高的造物主。——译注
② 登，原文Deng，南苏丹丁卡人的神，掌管天空、雨水和生育，是女神阿布克的儿子。——译注

怒，用闪电击中了鱼矛大师的公牛。从那时起，每个人都知道，这件事不仅激怒了伊思，如果至上神尼亚利克有时间浪费在这些可怜虫的蠢事上的话，他也会很愤怒。

甚至那头牛被雷劈死后，它的肉也不能食用。然而，在此之后，鱼矛大师仍继续传布福音。人们警告他，如果他继续这样做，这个村将会遭遇更多的灾难。鱼也发出警告，成千上万的鱼从河流游到沼泽地，在淤泥中自杀了。然后，奴隶贩子就来了，鱼矛大师一家都被抓了。

即使没有姑妈的唠叨，这位族长也无法静下心来，他渴望死亡，他常常自言自语，仿佛又回到了村子里。他好像突然变成一个老糊涂，悲叹年轻人对他不恭敬，诅咒同龄人不该把他一个人留在世间。因为他老了，而且总是抱怨，所以那些傲慢无礼的孩子把他当成傻瓜。跟姑妈一样，他也整天唠唠叨叨，没完没了，慢慢等死。

杜瓦尔先生把他的人种展览生意做到了纽约市，他把阿科尔运了过去，把她的父母留在巴黎。他向他们保证，他一定会把阿科尔带回来，或者送他们去美国跟她会合，到时候看哪种方式更合适。他创造了丁卡公主丁姬这个概念，展览大获成功，但她再也没有见过她的父母，听说他们没过多久就死了。她相信他们死了，因为她太爱他们，她不应该那么爱他们，或许根本就不应该爱他们。

"大获成功？我不这么认为。"艾姆-皮说。

"你在公园看到丁卡公主展出的时候，它已经不值一提了。现在，展览已经快撑不下去了。但我曾经是麦迪逊广场花园的明星，成千上万的观众来看我。"

"展出即将终结，你一定很高兴吧。"艾姆-皮说。

"对我来说，没什么区别。"她说。

但这对他来说是有区别的。也许很快她就能摆脱奴役，走到哪里都不会有看守跟着了。他刚才看向看守时，见她正埋头看那本惊险小说，斯劳坐在她旁边，抱着胳膊，看上去很无聊。但现在，斯劳正在为她跳舞。在玛丽亚·玛格达莱娜坐的长凳前，他一边拍手，跳着滑稽的吉格舞，一边唱一首假的祖鲁歌，她被逗得开怀大笑。斯劳快让她笑死了。

然而阿科尔对这一切视若无睹。她的思绪沉浸在回忆中，她在酝酿复仇计划。在被带离非洲的航行途中，她就已经开始酝酿复仇计划了。她探索自己的灵魂深处，认定人们受苦不是因为他们自己的罪恶，而是因为身边人的罪恶。就像吉恩人常说的，这都是因为尼亚利克冷酷无情。从现在起，她将完全依靠她自己的神灵 —— 祖先灵魂的力量。她不会求助于白人的上帝，因为白人的上帝管不了一个吉恩族女人。同样地，当她被迫跟随奴隶贩子的大篷车行进时，她也无法祈求阿拉伯人的神来拯救她。每一位神只能管他或她的子民，因为每一位神都是他或她自己的子民创造出来的，所以这些神只能管他或她自己的创造者，每一位神都只存在于创造他或她的人们心中。阿科尔只能依靠她自己祖先的灵魂，因为祖先的灵魂总是与她同在。

"为什么至上神尼亚利克和他的人民之间那么疏远，迫使她现在不得不依靠自己祖先的灵魂来洗刷耻辱？"艾姆－皮不解，但他没想问她，因为他觉得，她也不知道答案。

事实正好相反，她知道答案，每个吉恩孩子都知道答案。这个答案始于他们部族的创世记传说。很久以前，天和地栉比相邻，中间只有一根很短的绳子连接着。至上神尼亚利克很无聊，所以他创造了第一个女人阿布克和第一个男人加朗。和其他造物主一样，尼亚利克非常吝啬，只允许这对夫妇每天种植和研磨一粒小米作为食物。但是阿布克担心人类还没出生就都饿死了，于是，她不顾尼亚利克的禁令，用一把很长的锄头种了一块小米地。不幸的是，当她上下挥动锄头锄地、种植小米时，不小心打到了尼亚利克。尼亚利克毫不留情，他认为女人故意攻击他，而且违背他的命令种植了一块小米地。她怎敢如此？于是他割断了连接天地的绳子，天离人间越来越远，尼亚利克也不再过问人间男女的事情。而阿布克却受到了人们的敬重，因为她将人类从饥荒中拯救出来。阿布克凭借自己的善举成为神，成为掌管女性和花园的大母神。

艾姆－皮哈哈大笑。她族人的宗教故事比他自己部落的宗教故事有趣得多，他自己部落的故事太严肃了。他部落的神乌姆韦林坎吉也与人间保持距离，但祖鲁人从来不会直接向这位神祷告，而是通过祖先代祷，因为祖先们品尝过生活的酸甜苦辣。吉恩人的故事也比白人宗教故事更有意思。但他明白了这些故事的共同之处，那就是世界上的麻烦都是女人惹出来的，她们蔑视权威，反抗权威。阿科尔也哈哈大笑起来，她补充道，正是这种反抗精神使人类的存在成为可能。"如果不是白人的伊娃吃了禁果，哪里会有白人呢？"

多亏斯劳的玩闹，阿科尔和艾姆－皮的笑声才没有引起看守的注意。

阿科尔全然没有留意过他们，她沉浸在神的世界里。

有时，她是阿科尔·阿雷特，是任性的阿科尔，她想要大搞破坏，让她祖先的灵魂干掉所有人，包括玛丽亚·玛格达莱娜和杜瓦尔先生在内的所有人，让每个人都见识她祖先灵魂的厉害。有时，她是阿科尔·阿登，是温柔的阿科尔，是有尊严的阿科尔，她会等待时机，让祖先的灵魂策划一个详细的报复计划。

"你今天是阿科尔·阿登，"艾姆-皮说，"你看起来很平静。"

"你不能只看表面。要想成为真正的阿科尔·阿登，还得打一场恶仗。我的主人是个很坏的人，要彻底打败他需要很强大的力量。"

"你的主人囚禁了一个如此优雅的女人，"艾姆-皮说，"当然，我不是说那些不怎么优雅的人就应该被关进笼子里。"

"不仅仅是笼子，还有很多其他的事，打败他需要尊严。这就是为什么我必须一直努力成为阿科尔·阿登，而不是阿科尔·阿雷特。"

她在寻找她的尊严，这样她才能成为真正的阿科尔·阿登，骄傲的、有自尊的阿科尔。只有这样，她才能足够美丽、荣耀、迷人、优雅、高贵、善良，从而进行一次有意义的报复。只有完成复仇后，她才会兴高采烈、载歌载舞。尊严是有美感的，但她首先得找到尊严。

玛丽亚·玛格达莱娜大叫了一声，他俩立刻转过头去。只见她慌里慌张地跑过来，手里挥舞着链表，斯劳傻乎乎地跟在后面。她提醒阿科尔："丁卡人丁姬，打牌时间到！"

阿科尔立刻僵住了。

"你知道她讨厌这个名字。"艾姆-皮说。

"主人和他的朋友们今晚要打牌,"玛丽亚·玛格达莱娜气喘吁吁地跑到他们的长凳前,"如果发现阿科尔不在家,他一定会很生气的。你得准备好,阿科尔。"

艾姆-皮很清楚,玛丽亚·玛格达莱娜一提到打牌,阿科尔就很生气,而且玛丽亚·玛格达莱娜似乎也为自己提起这事感到羞愧。

"所以你打牌吗?"艾姆-皮问道。

她没有回答这个问题,只是突然站了起来,准备离开。也许她打牌?也许她要给打牌的人拍照?

玛丽亚·玛格达莱娜温柔地握着她的手说:"我们走吧,孩子。"

她们走了几步,但阿科尔又走向艾姆-皮。艾姆-皮和斯劳站在一起,呆愣愣的,似乎在努力整理思绪,想搞清楚到底是怎么回事。

"我一直记得母亲说过的话,"阿科尔轻声对艾姆-皮说,似乎要跟他讲一个秘密,"我们被困在笼子里受尽煎熬的时候,父亲和母亲跟我说过很多话。父亲的话我大多一笑置之,渐渐淡忘,而母亲的话我却一直记得。母亲总是会难过地摇头叹息:'哪个吉恩男人愿意娶一个满嘴牙齿的姑娘呢?'"

阿科尔双手捂住自己的嘴，像是为了确保不再让艾姆－皮看到她的牙齿。

"我愿意娶你，"艾姆－皮说，"我现在就想娶你。"

"但你不是吉恩人。"

"对，我不是吉恩人，但我爱你，你的牙齿和你的所有，我都爱。"

"我不许你爱我，我爱过的人都死了，这就是为什么我不能爱玛丽亚·玛格达莱娜，而我讨厌的那些人却都还活着，这就是为什么我必须找到其他方法去毁灭我的主人。"

说完她就走了。他想去追她，斯劳一把拉住了他，于是他只能大喊道："我早已忘了你，你却来招惹我，你一定是爱我的。我将来反正是要死的，我们都会死去，就算你不爱我，我也会死。"

9

纽约市——1890年9月
野蛮祖鲁人

送奶工每周送一品脱[1]牛奶过来。以前奥菲和玛沃还在他身边的时候，每个工作日，全家都要喝一品脱牛奶，有时候星期五会喝一夸脱[2]。他把奶瓶放在室内的窗台上晒三天，里面的奶就会发酵并凝结成酸奶。奥菲认为，这是糟蹋东西，但艾姆-皮却说，这是发酵乳。这种美食让他想起自己曾经在夸祖鲁的日子。那时，他喜欢就着这种发酵乳吃那种煮得很浓稠的玉米粥或粗燕麦粥。这种发酵乳一般是搭配乌普图[3]吃，但搭配浓粥吃也不错。

---

[1] 1美制湿量品脱约等于473毫升。——编注
[2] 1夸脱约等于946毫升。——编注
[3] 南非的一种玉米面团。——编注

他正享用美味时，斯劳来了，一脸兴奋地拿来了一样东西，用报纸包裹着。

"我有比你的酸奶更好吃的东西给你。"他郑重其事地打开包裹。

是一大块肉，牛排，生的。他看着艾姆–皮，期待对方说点什么，或者问点什么。艾姆–皮莫名其妙地看着他，想知道他这是在干什么。念了几句胡言乱语般的咒语后，斯劳轻松撕下一块正在渗血的肉，塞进嘴里，津津有味地嚼了起来。

"像黄油一样，入口即化。"他说，"你尝一下。"

"不了，谢谢，我不是野蛮祖鲁人。"艾姆–皮说道。

"这正是我们需要的。我发现了一个诀窍，可以让野蛮祖鲁人吃所有的生肉，我们不能白白浪费这个机会。"

"这东西看起来像生肉，但实际上是熟肉。"

"完全正确。"

"你是怎么做到的？"

"这是个秘密。"

他说，他要给自己的发明申请专利，当然，这需要做很多准备工作。目前的问题是，没人看他们的舞蹈，他们都身无分文了。美国人认为祖鲁人不可能友好，就是这样，追求一个观众拒绝认同的理念是没有用的。百老汇的音乐剧也搞不下去了，因为戴维斯和艾姆-皮始终不同意彼此对故事的设定。然后，戴维斯就消失了，消失了十八个月。而这种肉可以帮助他们解决所有问题。他们必须回归根本，塑造出自己的野蛮祖鲁人，血脉偾张、凶猛残暴、生吃活物，任由动物的血直往下滴。不过野蛮祖鲁人要吃的是斯劳特制的牛排。斯劳可太聪明了，无人能及。

"我是不会那么做的。"艾姆-皮说。

"别这么扫兴，老兄。我们可以加上胡椒粉和所有你喜欢的调味品。"

"祖鲁人不吃生肉。"艾姆-皮坚定地说。

"我们只是在扮演祖鲁人，伙计。只是为了娱乐观众，只是为了挣钱，就像百老汇的表演那样。"

斯劳无法说服艾姆-皮接受他的想法，这让他很沮丧。他气愤地指责了艾姆-皮一连串的事情。离开大师法里尼后，每个人都做出了牺牲，但艾姆-皮却始终在他们前行的路上设置障碍，如果不是因为他，这个团队早就成功了，他们可是因为他才离开大师法里尼的团队。听到这里，艾姆-皮嘟哝了一声，表示惊讶。但从一开始，艾姆-皮就否决了每一个可以让他们发家致富的好点子。他们默默忍受，和他一起坚持了整整七年。七年来，他一直忘恩负义，他太骄傲了，甚至拒绝了百老汇的邀请，得罪了戴维斯这位本可以改变他们命运的伟大经理人。甚至当戴维斯想自己花钱从杜瓦尔手上买下丁卡公主丁姬时，艾姆–皮也不同意。现在戴维斯肯定要走，他们很可能再也见不到他了。

斯劳补充说，他再也不想容忍艾姆–皮继续胡闹下去，他不想穷困潦倒地死在美国，他要把所有艾姆–皮拒绝的项目做起来，他要自己去找祖鲁人，让他们吃他制作的生肉，他要与玛丽亚·玛格达莱娜结婚，接管丁卡公主丁姬的展出，他将成为史上最伟大的经理人，艾姆–皮休想阻拦这一切。他讨厌没有志向的黑鬼，不管有没有黑人，他都会成为伟大的经理人，他要超过大师法里尼，超过菲尼亚斯·泰勒·巴纳姆，甚至超过詹姆斯·安东尼·贝利。

斯劳喋喋不休地指责艾姆–皮，艾姆–皮始终若无其事，但在听到斯劳提及丁卡公主丁姬时，艾姆–皮的耳朵立马竖了起来。

"你不准这么做！"他说。

"等着瞧，你会对我佩服得五体投地的。"

"你不准接手丁姬……阿科尔。"

"我就要接手。我和玛丽亚·玛格达莱娜已经订婚了。"

"但是不准你靠近阿科尔。"

"如果我能凑够钱给杜瓦尔，我当然能靠近她。"

艾姆–皮扑向斯劳，把他的头按到墙上，一拳挥过去，但在快要碰到斯劳下巴的时候，艾姆－皮停手了。他一把抓起肉，使劲把肉摁在斯劳脸上摩擦。之后，他冲出门，留下斯劳一个人在出租屋的地板上缩成一团，瑟瑟发抖。

他一路跑到麦迪逊大道，无视人们的注视和叫喊，甚至不顾是否会被误认为是正在逃避社会改良主义者追缉的小偷。幸运的是，纽约人这时都在忙他们自己的事。

他去敲杜瓦尔家的门，先是用双手捶门，然后敲击门环。大门上衔接门环的门铺是一个小丑脸的造型。以前他总是先确定主人不在再敲门，但此刻，他不顾忌杜瓦尔是否在家。他曾远远看到过杜瓦尔一次。一周前，杜瓦尔差点撞见艾姆－皮和阿科尔站在台阶上说话。在过去一年里，他去找阿科尔的次数不多，而且也没进行过深层次的交流。差点让杜瓦尔先生撞见的那次是他们仅有的几次会面之一。

他使劲捶门，等了片刻，接着再捶，他一边捶，一边回想他以前来见阿科尔的情形。每次他来见阿科尔，玛丽亚·玛格达莱娜都会安排他们在公园见面，如果没有其他仆人在场的话，就安排他们在厨房见面。他会问："今天你是哪个阿科尔？"如果她说她是阿科尔·阿雷特，他立刻就明白，他们今天的会面不会很愉快。阿科尔·阿雷特是一个无法无天的阿科尔，是一个一心想要杀人的阿科尔，此时的阿科尔一心只想哄骗她祖先的灵魂快点帮她报仇，所以，他得改天再来。就连玛丽亚·玛格达莱娜也搞不定阿科尔·阿雷特。

杜瓦尔差点儿撞见他们在一起的那天，她是阿科尔·阿登，是性情温和的阿科尔，她准备和他一起去公园度过一个下午。那一天她之所以是阿科尔·阿登，也许是因为那天上午她没被关在笼子里展出。

她和艾姆–皮在屋外聊天，犹豫要不要带相机。这么多年过去了，说不定今天她终于可以给他拍照了。这时，杜瓦尔的马车来了。她远远看见了那辆马车，于是她连再见都没说就匆匆上了台阶，进了屋。

他又砰砰地敲门，然后等着。终于，他听到有人趿着鞋走路的声音。门开了，尽管已经是下午了，玛丽亚·玛格达莱娜仍穿着厚重的晨衣，脸上敷着泥浆面膜，愤怒地瞪着他。

"你和斯劳……"艾姆–皮开口道。

"主人今天在家。"她低声说。

"我不管。"他喊道，"我也想让他出来，让他知道，你背叛了他。你和斯劳好上了？"

"是的，我们要结婚了。这也需要经过你的允许吗？"

"你们谁也别想碰阿科尔，你听见没？谁也别想！"

"我们为什么要碰阿科尔？"

艾姆–皮觉得和这个自以为是的女人说不通，他走了，留下玛丽亚·玛格达莱娜呆立在门口，双手抱在胸前。起初，他不知道该去哪里，他感到很无助，他得想办法救阿科尔，不仅要救她，还要把她据为己有。因为没钱，他没法从杜瓦尔那里把她买回来。他甚至不知道，如果他有钱的话，他会不会去买她。他也不能提议一起私奔到某个遥远的州，私奔到她那个嗜好波旁威士忌的酒鬼主人找不到他们的地方。尽管奴役人的现象仍然存在，关阿科尔的笼子就证明了这一点，但奴隶制早就废除了，没有人有权以任何方式拥有任何人。他知道，她是不会同意跟他私奔的，她一心想着她祖先的灵魂，她想要报仇雪恨，她祖先的灵魂在等待时机。无论如何，即使她同意，他也没有钱和她私奔。钱，是问题本身，也是问题的答案。

斯基尔多尔·斯科尔尼克！他是尼布洛花园剧院的制片人，艾姆–皮现在愿意卑躬屈膝地请他重启塞茨瓦约计划了。他成长了，而且明白了，他现在不能渴求真实。艾姆–皮想告诉斯科尔尼克，只要他接下这个项目，投入资金，并在百老汇的尼布洛花园剧院上演《伊珊德瓦纳战役》，他愿意在剧中塑造多少魔鬼就塑造多少魔鬼，他也可以在剧中加入乌伦迪基督教徒战胜异教徒的情节。艾姆–皮什么都不在乎了。斯基尔多尔·斯科尔尼克是个精明的商人，他肯定会抓住这个机会的。

关键问题是，上次见斯科尔尼克还是在三年前，他现在可能已经不在尼布洛花园剧院了。

好在斯基尔多尔·斯科尔尼克还在那里，而且还和以前一样令人讨厌。他痛骂了艾姆–皮，丝毫不给他回应的机会。起初，艾姆–皮认为，自己挨骂是因为他反对恶魔的情节，所以试图插嘴，表明自己现在觉得国王被恶魔附身的构思很不错，即使没有戴维斯，他也想将项目进行下去。但是艾姆–皮搞清楚了，斯科尔尼克生气，是因为他正是被这个戴维斯给骗了。显然，在艾姆–皮不知情的情况下，斯科尔尼克一直在和戴维斯会面，而且已经就这个故事达成了一致。但是戴维斯要求他预付一大笔钱，好让他能集中精力根据斯科尔尼克的要求打磨故事。戴维斯说，自从他开始策划这部剧以来，他荒废了自己作为经理人的工作，导致他现在处境艰难。后来，他俩签订了一份协议，斯科尔尼克给了戴维斯一笔钱。但自那以后，他就再也没见过戴维斯了。

"我会找到戴维斯的，"艾姆–皮说，"我要把他带到这里来，我们还是想做好这部戏。"

"恐怕在尼布洛花园剧院搞不成。"

他大概知道戴维斯住在哪里，他想起自己曾和戴维斯一起从桑树弯的出租屋出发，一路走到麦迪逊广场公园附近曼哈顿上流人士住的一排排豪宅那里。他看到戴维斯匆匆走进其中一幢豪宅，也许他还能记得具体是哪一幢。

戴维斯的房子比杜瓦尔的房子更气派。艾姆-皮被指引到了戴维斯房子的侧门，他恳求男仆，说他有一件关于房主的急事，要面见他，这是一件有利于房主的好事。于是，他被带到一个体形壮硕的黑白混血男人面前，那男人穿着拳击短裤和飘逸的丝绸浴衣，正坐在一张巨大的胡桃木办公桌前处理什么案头工作。

"先生，他说他有重要的事要告诉您。"男仆说。

那个黑白混血男人好奇地盯着他，示意他走近自己的办公桌。艾姆-皮看他一点也不眼熟。

"先生，我要找的不是您，是戴维斯，我要找的是戴维斯先生。"艾姆-皮结结巴巴地说。

"你说你要找房主。"男仆说。

那男人示意男仆离开，并让艾姆-皮坐下。他努力表现得很友好，但这种态度反而令艾姆-皮很不安。也许那人意识到了这一点，所以他伸出手，用力地握了一下艾姆-皮的手，并介绍说自己是多米尼克·阿利夫先生。

"你是从非洲来的吗？"他问道。

艾姆-皮点了一下头。

"那我们的戴维斯是如何认识一位来自非洲的兄弟的呢？"

艾姆－皮跟他说了自己跟戴维斯的戏剧计划。

"在尼布洛花园？那可是百老汇啊，"阿利夫大声说道，"这可是大事。你最开始是怎么认识戴维斯的？是在百老汇和他一起工作时认识的吗？"

他告诉阿利夫"野蛮祖鲁人"表演的事，他说，戴维斯曾安排他去看自己策划的演出，这样他就可以从中学到一些表演技巧，以改进他的表演。因为那时他们的团队刚脱离大师法里尼的团队不久。

"你认识大人物啊，我的朋友。"阿利夫摇着头说道，好像在为他惋惜似的，"你认识大师法里尼。你猜怎么着，现在你认识'野蛮祖鲁人'了。"

他自己就是"野蛮祖鲁人"，只不过是肤色较浅的祖鲁人。以前表演"野蛮祖鲁人"的人会用鞋油把自己涂成棕色，有些白人和黑白混血演员不知道用的什么方法，把自己晒成了黑皮肤。他被艾姆－皮目瞪口呆的表情逗乐了，突然大笑起来。他向仆人大喊，让他们立刻把戴维斯带到他面前来。

"野蛮祖鲁人"表演是多米尼克·阿利夫自己的生意，他自己就是经理人，是戴维斯的老板，戴维斯只是帮他出面打理生意，市场上那些自命不凡的白人老板很乐意与戴维斯打交道。阿利夫来自新奥尔良，他原来在狂欢节上扮演大力士，收入微薄，穷困潦倒。在祖鲁人表演最受欢迎的时候，他来到纽约，把自己塑造成野蛮人，并悉心经营自己的生意，所以他现在住在这栋大房子里，被一群白人仆人伺候着，过着帝王般的生活。

戴维斯一瘸一拐地走进阿利夫的书房，一点也不像艾姆－皮上次见到的那个自负、傲慢的戴维斯。艾姆－皮怀疑他是不是喝醉了，他看起来昏昏沉沉的，身上还有瘀伤。看到艾姆－皮时，他有点吃惊，但很快又镇定下来。

"认识他吗？"阿利夫问道。

"从没见过他。"戴维斯摇着头说。

"你把我的秘密泄露给他，让他成为一个比我更好的祖鲁人。"阿利夫平静地说。他不是在开玩笑，更不可能跟戴维斯开玩笑。这是暴风雨前的平静，戴维斯再熟悉不过了。

"你还向他透露过什么秘密？肉吗？说我吃的肉不是生的？我不是真的在吃鸡，而是用锋利的人造金属指甲把鸡撕开，把鸡血溅得到处都是，而我只嚼鸡毛？"

"没！没说过肉！没说过鸡！"戴维斯边说边后退。但那个大块头招手示意他回来，戴维斯胆怯地又走了回来。

阿利夫狠狠地甩了他几个耳光。在他的拳头还没落到戴维斯身上之前，戴维斯就已经在地上缩成一团了。

离开阿利夫的豪宅时，艾姆－皮终于明白戴维斯为什么总是受伤了。他明白了，戴维斯一直在偷偷跟斯劳见面，而且两人还密谋要购买丁卡公主丁姬。因为缺少资金，所以这笔交易还没有谈成。他还知道了斯劳那个使肉变嫩并在烹饪时保持红润如生肉的方法，是戴维斯从阿利夫那里偷学来的。多年来，戴维斯一直试图摆脱阿利夫的控制，因此，他窃取阿利夫的创意和资金，期望有朝一日成为一个独立的经理人。艾姆－皮知道，尼布洛花园剧院投资的事会让戴维斯受更多的皮肉之苦，因为阿利夫想独吞。阿利夫说，这笔钱应该属于他，因为戴维斯没有权利自己做生意。戴维斯必须想办法还回来，不是还给斯科尔尼克，而是还给阿利大。

从后门走出来时，艾姆－皮还是没搞清楚戴维斯说的是什么意思，他为什么指责自己为了一个什么都不是的纸牌婊子把他出卖给阿利夫。纸牌婊子究竟是怎么回事？

10

纽约市——1892年10月
即将结束的狂欢节

事情是这样开始的。那天是狂欢节，他打扮齐整，走出出租屋，走下吱嘎作响的台阶。他出门遇到的第一个人是黑人女教师米莉，米莉在巴克斯特街教小学生。他发现她很有趣，一度以为他们可以谈恋爱。她笑容腼腆，有时还向他抛媚眼，主动向他表示她喜欢他。但很快他就意识到，米莉不想让别人看到他们一起出现在公共场合。有一次他们一起出去吃晚饭，还有一次是去一家爱尔兰酒吧，每次看到有长相英俊、穿着考究的有色男人走进来时，米莉都会转过身去，背对着艾姆-皮，假装她是一个人来的，而艾姆-皮只是碰巧坐在她身边的一个客人而已。于是，他决定，如果米莉不想让别人看到他们在一起，那么他也不想和她在一起。他不再理她了，而她却觉得自己受到了侮辱，还在街坊邻里中说他的坏话。他以为自己是谁？一个从非洲丛林来的黑人，竟在纽约市傲慢自大起来？

这些事情发生在艾姆-皮认识阿科尔之前，发生在阿科尔真实存在，而后又成为记忆之前。艾姆-皮与阿科尔已经好几个月没有联系了，有关阿科尔的一切都成了记忆。这是鲜活的记忆，因为记忆的过程和产物正以具体可见的方式作用于艾姆-皮。这就是在一个有阿科尔的世界里，记忆发生作用的方式。这些记忆不只存在或消逝于脑海，而且被投射为当下具象化的形象，它们会活活吞噬那个记得的人，鞭打他的身体，折磨他的内心，使他流血不止，但记忆也会爱抚他的身体，令他身心愉悦，唤起阵阵战栗。这是他从阿科尔那里学到的吉恩人的记忆方式，正是这种方式迫使阿科尔的身体学会了记忆。记忆作用于你的方式，与记忆之源作用于你的方式是一样的。阿科尔几个月前就失踪了，但有关她的记忆仍持续影响着他，给他带来好处，使他在跳舞的过程中保持亢奋。

即将结束的狂欢节可能会让他暂时不去想阿科尔。至于效果有多强，艾姆-皮不知道，但这是转移注意力的重要方式。不过，昨天的事情已经表明，他应该去找一件比狂欢节更能持久地帮他分散注意力的事情做。每当受到记忆冲击时，他就去那片豪宅区东游西荡，但一无所获，因为杜瓦尔先生家一直没人。一直到昨天，杜瓦尔家才又有了动静。一辆又一辆的货车开过来，工人们把家具从房子里搬出来，运往拍卖行。艾姆-皮搭了把手，因为这样做便于他打听有关杜瓦尔家的小道消息。工人们用锤子将拍卖的标志钉在屋外，上面标明了拍卖的日期。人们聚集围观，一个邻居的败落对另一个邻居来说就是消遣的话题。围观的邻居大多是做苦力的，他们想知道究竟发生了什么。原来，杜瓦尔疯了。就在前一天晚上，他抓起那把闪闪发亮的雷明顿一八九〇型左轮手枪，打爆了自己的头。艾姆-皮疑惑，这是否就是阿科尔等待已久的祖先灵魂的复仇。但是祖先的灵魂如何能在阿科尔不在场的情况下为她报仇呢？在自己守护的身体不在场的情况下，祖先的灵魂如何施展自己的威力呢？而受祖先的灵魂保护的阿科尔此刻又在哪里？

杜瓦尔的邻居们没有听到这些问题，因为这些问题只存在于艾姆-皮的脑海里。但邻居们还是为他提供了答案。他们说，那个男人把那个黑人女孩送进了俄亥俄州雅典大学城里的一个精神病院。她被关在那儿，很可能将来也会死在那里，永远待在那里。阿门。

狂欢节是另一种记忆方式。

　　米莉倚在窗边。随着年龄渐老，她似乎越来越喜欢待在那里。他挥手给了她一个飞吻。他们已经学会了如何友好相处，互不触碰对方的雷区。如果他不赶时间的话，她会走出来，递给他一杯咖啡。他喝着咖啡，两人就这样站在门口闲聊，抱怨没人愿意做点什么，清理一下贫民窟。

　　波威里街上的狂欢活动还在继续。没人邀请他参加狂欢活动，他不是官方邀请的狂欢节演员，但他仍会尽情狂欢。当萨姆森跟他说起这事时，他就决定参加，不管大师法里尼是否喜欢，艾姆-皮毕竟也是个老将，他可能不会和狂欢节上的其他明星一起游行，也不会坐在饰有鲜花的马车上，但他是创造历史的一员，他一定要去参加狂欢节。他穿着一件很合身的棕色粗花呢西服，戴着棕色的圆顶礼帽，那不是普通的便帽，而是绅士戴的圆顶礼帽，他看起来像是一个风度翩翩的纽约人。他要让他们看到，他的穿戴无可挑剔。

　　铜管乐队领队，其他人紧随其后。大师法里尼在为他的老将们庆祝。那些明星多年来一直深受观众的喜爱，有些明星至今还很受欢迎，但也有很多明星如今只活在了人们的记忆里。他不知道是否能在这群风光无限的明星中看到他的老伙计们。因为在"真真祖鲁人"表演团没挣到钱，那些老伙计又回到了法里尼那里，他们中的有些人被法里尼转让给了其他表演团队，但他们跟法里尼的关系一直不错。

艾姆-皮与萨姆森仍有联系，只是因为萨姆森一直住在老桑树弯的妓院里。对于那些需要肉体慰藉的同事来说，萨姆森一直是个很不错的引路人。

他扫视花车和游行者，想知道是否能看到斯劳。他最后一次见到斯劳是在生肉事件那天，他任由斯劳蜷缩在他的出租屋里，等回来的时候，他发现斯劳离开前把他的出租屋砸得稀烂。

一个男人冲艾姆-皮挥手。艾姆-皮环顾四周，确定那人是在向他挥手后，他也挥手回应。从那人灿烂的笑容和满嘴的大牙，艾姆-皮立刻认出那人是姆卡诺。大家都叫他祖鲁人查利，但他从来没有和艾姆-皮一起工作过。他们是在参加邦内尔博物馆展览时认识的。那次展览在百老汇第九大街举行，姆卡诺是展品之一。与艾姆-皮所认识的其他祖鲁人不同，祖鲁人查利是一个真正的祖鲁人，他来自被占领的纳塔尔省。艾姆-皮过去很喜欢和他用祖鲁语交谈，其他祖鲁人和观众都听不懂。

祖鲁人查利疯狂挥手，哈哈大笑，似乎要将所有的烦恼都抛诸脑后。艾姆-皮挥手回应，也朝他哈哈大笑。想起祖鲁人查利过去勇敢无畏的壮举，艾姆-皮笑得更大声了。

他还记得十年前那个十二月发生的一件事，那件事还上了新闻。当时，姆卡诺用一根三英尺长的竿子打了一位白人演员，那个演员极尽辱骂之词，甚至还动手打了他，大为光火的姆卡诺还手了。大家都觉得，姆卡诺肯定会被关很长时间。作为一个黑人，他不可能打了白人还能侥幸逃脱惩罚。但许多目击者说，祖鲁人查利一直在忍耐，他努力无视那名演员的嘲弄，甚至走到房间的另一侧，但那个恃强凌弱的白人却不依不饶，继续辱骂。直到他又动手打了姆卡诺，姆卡诺才失控还手。

从那以后，没人再敢戏弄祖鲁人查利了。

艾姆-皮在场外走着，看到祖鲁人查利朝他挥手后又跳起了舞，他想知道祖鲁人查利的妻子安妮塔怎么样了。祖鲁人查利所有的事都曾引起过轰动，他和安妮塔的婚姻也是如此。安妮塔是一个意大利女孩，曾去观看"罗克湾战役"表演，他们就是在那时认识的。罗克湾战役是英国和祖鲁王国之间的另一场战役，当时很受关注，因为英国红衫军在人数远少于祖鲁士兵的情况下守住了要塞。意大利女孩喜欢上了扮演祖鲁战士的祖鲁人查利。他们订婚的消息引起了一阵轰动，安妮塔的父母威胁要与她断绝关系。报纸上把这段罗曼史写成了莎士比亚式的悲剧，祖鲁人查利是奥赛罗，安妮塔是苔丝狄蒙娜，她的父亲是布拉班提奥。艾姆-皮之前听说过这对夫妇的消息，那时，他们的婚姻关系时好时坏，安妮塔一度离开了查利，后来听说她又回去了。就像他和奥菲的婚姻，查利和安妮塔的婚姻起起落落，充满波折。但不同的是，他和奥菲的婚姻从来没有上过报纸，而且他们的婚姻关系降至低点后就再也没有回到过高点，奥菲离开后就再也没有回来。

艾姆-皮也认出了骑马的人。他们是美国印第安人，曾与祖鲁人在一些表演中比赛过跑步。其中一辆彩车上有一个双头女人，他记得那是两个女人，是连体双胞胎，她们被装扮成一个人。她们正在与另一个女人——阿玛达加公主闲聊。阿玛达加公主是塞茨瓦约国王的女儿。八十年代，塞茨瓦约国王在英国家喻户晓，阿玛达加公主是法里尼在那个时候的轰动之作。艾姆-皮还记得观众第一次在邦内尔剧院见到阿玛达加公主时的情形。那时的她非常优雅，观众们像疯了一样，你推我搡，只为看她一眼。这是法里尼最伟大的杰作之一。此刻，公主正和一群形形色色、奇奇怪怪的人同坐在一辆花车上。

艾姆-皮向阿玛达加公主挥手。她没有回应，也许她不记得他了，因为他们只见过一次。艾姆-皮觉得，如果他不向国王的女儿表示敬意，那就是他的错。他没料到自己还能认出她来，因为国王有许多妻子，那些妻子为他生了很多女儿。但艾姆-皮希望能有机会跟她聊聊，说不定会发现一些他俩都认识的人，也许她也认识那个导致他逃离祖鲁王国的热情女人——诺玛兰佳。公主也许知道诺玛兰佳后来怎么样了。

好言相求并贿赂工作人员后，艾姆-皮终于获准来到博物馆后面的房间。将被展出的人和参加演出的演员们都在那里候场。他终于来到公主面前，只见她正坐在一个木条箱上唱着催眠曲，哄怀里的黑白混血婴儿入睡。他听不懂她唱的内容，因为那是一种他不熟悉的语言。他从没听说过阿玛达加公主还有个孩子。

"你好，公主殿下！"他用祖鲁语问候她，并向她鞠躬。

她似乎很困惑，显然不明白他在说什么。

她的皮肤是棕色的，但只有生活在海岛上的人才会有这种肤色。

他不明白为什么自己离开博物馆时会感到失望，毕竟，每个来美国的非洲人都声称自己是非洲王子或公主。他自己也曾声称是一位王子，不过那是在英国的时候。到美国后，他就放弃了这个头衔，因为他发现，在这个国家，到处都是身高、体形和肤色各异的非洲王室成员。

＊＊＊

跟着狂欢游行的队伍过了布鲁克林大桥后，艾姆－皮就没再跟着法里尼的队伍了。他跟几个同胞在一起，那几个人是姆卡诺在其中一个游行站点上介绍给他认识的。这些人坐的马车外部涂着醒目的红色和白色油漆，应该是传教士的马车。那些同胞说的是祖鲁语。这种抑扬顿挫的音调本应该在乌卡兰巴深山间回响，在乌姆根尼河和乌姆逊杜兹河交汇处的千山之谷间回荡，在南部海岸的白色沙滩上荡漾。

他们中带头的那个人年纪稍长一些，语调温和，但当讲到对自己或他人有意义的事情时，他就会激动起来。他的脸上皮肤光滑，没有一点岁月的痕迹，而艾姆－皮的脸上已经爬满了记忆的沟壑，身体里也开始有了肿块和结节。而这位同胞身上没有这些，因为他的身体里还没有建立起记忆存储空间，他与艾姆－皮形成了鲜明的对比。

他们是夸祖鲁的基督教皈依者，刚到美国，今天来游览纽约市。导游是弗莱迪·库默洛，他毕业于弗吉尼亚的汉普顿学院，专攻锻造和车轮制造。这些面带稚气的同胞要去同一所学校学习，有些人会学习与库默洛相同的专业，有些人则学习木工和农业。

库默洛给他们讲纽约假祖鲁人的故事，他们都很惊讶，有些人很气愤，有些人则感到困惑，他们难以置信地咪咪笑，以掩饰自己的真实感受。尽管艾姆-皮觉得，他们应该不知道自己从事的就是他们正在讨论的行当，但他还是感到无地自容。除非姆卡诺介绍说艾姆-皮是他以前的同事时，库默洛做了笔记，否则应该没人知道这一点。

"这是真的。"库默洛说，好像觉得他们在质疑他似的，"我在纽约街头遇到过太多假祖鲁人，像是把我一辈子要遇到的假祖鲁人都遇遍了。"

他从皮制行李箱里拿出一本旧的《大西洋月刊》，大声读了起来。

迪美斯博物馆的祖鲁人不是根据演出需要捏造出来的。确实有祖鲁人，但事实并非像那些记者所恶意暗示的，说这些野蛮人是爱尔兰移民假扮的。尽管我们不需要相信演讲者的演讲，说那些祖鲁人英勇善战，为了让自己的国家摆脱英国的统治，在塞茨瓦约的领导下参加过伊珊德瓦纳之战，但毫无疑问，他们是真正的祖鲁人，他们会在战斗中成为令英军胆寒的敌人。

"你猜怎么着？"在情绪激昂地读完报道后，库默洛说，"那些祖鲁人确实是爱尔兰移民涂上棕色假扮的！"

他们哈哈大笑，跟着狂欢游行的队伍一路走到了约

翰·兰加利巴莱·杜贝在布鲁克林的家。库默洛向艾姆-皮
和那些学生介绍说，约翰·兰加利巴莱·杜贝是个文化人，
他是报纸编辑，也是出版商，正是他通过公理会美国驻外
使团委员会帮忙安排这些学生来美国学习的。

"当然，你年龄太大了，不适合做学生了。"杜贝慈爱
地看着艾姆-皮说道。

"他是我们在曼哈顿狂欢节上认识的一个兄弟，来自翁
迪尼。"库默洛说，"他说他有空，所以我邀请他来见见来
自家乡的兄弟们。"

他们坐下来，一起享用乌普图，这是一种用非常粗糙
的玉米粉、肉，以及蔬菜做成的家乡美食。趁着大家享用
美食的当儿，杜贝向他们讲述了自己在美国的生活经历。
杜贝在美国已经生活了三年，其间在俄亥俄州的欧柏林学
院学习过，这是他在美国的最后一年，他很期待回到故土，
因为家乡有很多事情要做。

听了艾姆-皮的故事后，大伙儿都知道了，艾姆-皮是
从英国来美国跳舞的，他们鼓励他设法回故乡去，因为那
里有事情要做。不过，库默洛对此却不太认同。

"在美国，人们付钱请他跳舞。在家乡，你不能以跳舞
为生。"他说。

"他可以学一门手艺。他可以学习农业，然后回到家乡

为他的族人做事，自给自足。"杜贝说。

"或者他可以去欧柏林学院学习，然后再去芝加哥医学院学习，像内姆布拉那样，成为一名医生。"库默洛不耐烦地说道。

杜贝很生气，但因为有客人在场，他控制住了自己的情绪。显然，库默洛在挑战他的权威。说到这一点，他们肯定要辩论很久，而艾姆-皮和这群学生则对他们讨论的话题一无所知。

"你这么说话，好像是我不想让祖鲁人成为医生似的。别忘了，是我安排内姆布拉医生来这里学医的。"

这是一个焦点问题，库默洛说。虽然他从行业培训中受益，但他反对美国传教士将重点放在职业培训上，而忽略了人文教育——也就是他说的书本教育。而杜贝则认为，祖鲁人目前需要通过职业培训实现自给自足，从而摆脱白人统治的压迫体系。这就是为什么他努力工作，效仿汉普顿·塔斯基吉的模式，在他的国家建立贸易学校。

"先生，我没看到黑人实现自给自足。"库默洛说。

他不相信，接受完训练，回到家乡后，他能摆脱白人的束缚。实际上，他已经被训练成了一个从属角色，以更好地为白人服务。

"所以，在你看来，弗莱迪，我们永远都是奴隶？我们为争取自由所做的所有努力都会付诸东流？"

"贸易培训对我们有什么好处？"库默洛反问道，"我知道，这种培训可以让我成为马车厂白人老板的一名优秀工人，但这会让我成为马车厂老板吗？"

"现在的法律不允许你成为老板。但当我们获得自由的时候，你就可以当老板了。"一个学生大声说。

杜贝满意地笑了，他看着库默洛，摇了摇头，好像在说："看看，就连一个初学者都比你看得清楚。"

"也许他们应该把你送到俄亥俄州的欧柏林，在那儿，你会学到在生活中无法想象的东西，这样你就可以把你的大脑用在钻研书本上，而不是亲手把熟铁锻打成形。"库默洛对那个学生说道，没人知道他是不是在讽刺对方。

艾姆–皮察觉到，他俩的交谈没有了之前柔和的语调，而是透着一丝刻薄。因自己跳舞的事引发了这场争论，他对此感到很抱歉。他总有一天会思考这些问题的，但不是现在，因为一提到俄亥俄州他就心神不宁。

在俄亥俄州的精神病院里，祖先的灵魂正守护着一个紫色皮肤的女人。

11

俄亥俄州雅典郡——1893年5月
寻找阿托克鸟

自1808年约翰·克里斯蒂安·赖尔教授创造"精神病医生"这个词以来，或许更早，精神病医生就一直与诸神不和。他们将先知的声音贬低为错觉，将神圣的想象视为对现实的逃避。在雅典精神病院阿科尔的病房里，这场古老的战争仍在继续。她说，她祖先的灵魂是一个桀骜不驯的个人之神，而医生们却说，她的脑袋里进了梅毒。

他们允许她在林中漫步，却不给其他女性收容者这样的特权。那些女性收容者因为罹患各种疾病被送到这里，从抑郁症到月经紊乱、子宫问题，再到女性癔症等各种疯狂行为，这些都是女性特有的失常现象。

她不是本地人，精神病院是她唯一能藏身的地方，她在这里很自在，她不想到别处去，也不指望有别的去处。
只要能在树林里漫步，寻找可以拍照的东西，只要玛丽
亚·玛格达莱娜给她放进行李箱的胶卷和感光乳剂还够用，
她就能平静对待自己，以及自己的生活。多亏一位匿名捐
助者的帮助，她的相机已经从老旧的斯科维尔相机升级到
新型柯达相机了，这是一款五年前推出的相机。阿科尔猜
想是玛丽亚·玛格达莱娜给她捐助了这部相机。

他们给了她自由空间，允许她把杂物间用作冲洗胶卷
的暗房。病人中有个人会照相是件好事。她心情好时，甚
至同意给他们的宝宝和宠物拍照。

艾姆-皮发现她坐在池塘边，用指尖在水面上画着看不
见的画。一看见艾姆-皮，她的脸上立刻绽放出了笑容，眼
神平静。

"你今天是谁？"艾姆-皮问，"别告诉我。我猜，你
今天是阿科尔·阿登。"

"你是怎么知道的？"她微笑着问，点头表示同意。

"你的主人死了。"艾姆-皮没有回答她的问题，"他开
枪自杀了。"

她看起来一点也不惊讶，好像已经知道了似的。

"不，他不是自杀的。"

"我去过那里，我和他的邻居们聊过了。他们说，他特

地买了一把新枪，用新枪自杀了。"

"那是我干的。"她说着，不屑一顾地挥了挥手。

"他自杀的时候，你已经在这里了，对吧？"艾姆−皮小心翼翼地说道，生怕自己的话让她觉得她撒了谎，惹她生气。

"握着雷明顿手枪的是我的手，不是他的手。"她冷漠地说道，"他尖叫着，大声求饶，就像他们伤害我的时候，我尖叫求饶那样，但没有人听到他的尖叫。玛丽亚·玛格达莱娜跟她的斯劳出去闲逛了，房子里只有我和他，但我没有手下留情。他尖叫的时候，我扣动了扳机。"

"真是你杀的？"他难以置信地问道，"你甚至知道他是被雷明顿手枪射死的！"

"是我杀的他。"

他明白过来，笑了。

"是你祖先的灵魂干的吧？"

"我的神一直在等待时机，而我没有耐心再等了，于是我亲手开了枪。当然，是我祖先的灵魂指引我这样做的。"

"是你祖先的灵魂杀死的他！"

"你不能把我们分开。"她说，"事已至此，什么都没有改变。这是神对我的报复，而不是对他的报复。他再也感受不到惩罚了，而我却一直承受着神的惩罚。"

她不想再谈这件事了，她想聊点让人高兴的事情，她要他只说些让人高兴的事。

"我要去芝加哥了。"他说。

"这怎么会是件让人高兴的事呢？"

这的确是件让人高兴的事情，因为这是他返回非洲的唯一途径。他需要回到自己的国家去。看到自己的同胞在美国做着了不起的事情，而且都努力回国做同样伟大的事情，他回国的愿望就更加强烈了。他跟她说起内姆布拉医生，虽然艾姆-皮没见过他，但听说这位医生在工作上取得了了不起的成就，他不仅是位医生，而且还积极参与农业合作和其他社区发展项目。他还跟她说了约翰·兰加利巴莱·杜贝的事。杜贝是一个学识渊博的伟大人物，不仅为夸祖鲁人，而且为整个黑人种族的进步和解放不辞辛劳地努力工作。他还谈到了来这里学习技能的学生，他们将变得和白人一样优秀，会回到夸祖鲁。还有弗莱迪·库默洛，一个非常聪明的反抗者，他可能不会回非洲，但会留在这里做修车匠，积累财富。艾姆-皮认为，从库默洛与杜贝的争论看来，库默洛对祖国的现状感到失望。

"这些人不为白人跳舞。"艾姆-皮说。

他不再跳舞了，但回到故乡后，他将为他的人民而舞，与他们共舞。因为在他的祖国，每个人都是舞者。舞蹈是一种生活方式，也是一种死亡方式。它是一种治愈方式，是崇拜祖先的方式，是祈祷的方式，是劳动的方式，是做爱的方式，是吃喝的方式，也是一种庆祝方式，尽管他没什么可庆祝的。要赶上同龄人，他还有很长的路要走。当他在美国努力打拼，通过表演舞蹈自力更生时，他家乡的伙伴们正在社会上大展拳脚，他们积累财富、娶妻、耕地、养牛、参与国家事务，并因此获得人们的敬重，而他如今只能空手而归，他唯一的财富就是儿子玛沃。在家乡，他曾经是一名军人，是统治阶级的一员，是治国之才，他与国王关系密切，甚至侍奉过国王沐浴。而在这片白人的土地上，他只是一只跳舞的猴子。

现在，他打算去芝加哥找活干，因为他听说那里需要真正的祖鲁人，不是去跳舞，而是去工作。

一八九三年五月一日，芝加哥哥伦布纪念博览会开幕，并将持续到十月三十日。这是有史以来在美国本土举办的规模最大的国际贸易博览会，以庆祝克里斯托弗·哥伦布发现美洲新大陆四百周年。博览会上有来自不同国家和文化的许多展品，来自多哥和达荷美的非洲人展示了原始部落的壮丽景象，与美国文明的辉煌成就形成鲜明的对比，还有来自开普敦殖民地的鸵鸟、羊毛和安哥拉山羊毛制品。

博览会上还有来自挪威的维京海盗船，这艘船是根据在桑纳菲尤尔[①]附近发现的一艘船仿造的。这艘船从挪威出发，途经五大湖才抵达芝加哥。除此之外，最引人注目的是戴比尔斯钻石公司仿造的金伯利钻石矿，这座仿制品高达两千多英尺。这个公司还大老远从南非运来数千袋土铺撒在展览区，这些土来自盛产钻石的金伯利，里面甚至埋有价值超过一百万美元的真钻石。

这就是祖鲁人发挥作用的地方。他们将要穿着饰有兽皮和羽毛的服装，手持盾牌和长矛，守卫钻石矿。除了担任保安，他们还负责操作一台清洗钻石的机器，并将钻石交由蒂芙尼珠宝公司的宝石工匠进行切割和抛光。

将会有真正的祖鲁人乘船来国际博览会工作，他们在十一月工作结束后会再坐船回非洲。艾姆-皮要去跟他们会合，他希望能在这家公司找到一份工作，在博览会结束后和那些祖鲁人一起回开普殖民地。

"我想带你和玛沃一起回去。"艾姆-皮说。

但阿科尔早就不在这儿了。他全神贯注地讲述自己的故事，完全没有注意到她已经离开了，他甚至不知道她是什么时候走的，他可能一直在自言自语。

---

① 挪威港口城市，一个天然的避风良港。——译注

"阿科尔！"

听到有树枝被折断的声音，艾姆-皮朝那个方向走去。阿科尔正蹑手蹑脚地在树林里走着，她的相机一直开着，似乎那是一件致命武器，而她是一个随时出击的猎人。看到他时，她朝着他嘘了一声，然后小心翼翼地挪到一棵树后，结果又一脸沮丧地放弃了。

"你把它吓跑了！"她说，"气死我了！"

她表达气愤的方式甚是可爱，因为她看起来一点也不生气，甚至也不沮丧。相反，她笑了。阳光穿过树丛，柔和地洒落在她光滑的紫色皮肤上。

她说，她在找阿托克鸟，这种鸟神出鬼没，但她有耐心，她有一生的时间去寻找阿托克鸟。

"你怎么确定你能在何时找到阿托克鸟？它和其他鸟类有什么不同？"

"阿托克鸟是我童年时见过的一种鸟。"

她一边充满深情地描述着，一边用手臂把相机搂在怀里，好腾出手给他比画鸟的大小。阿托克鸟是灰色的，就像她在这附近看到的鸽子一样。她曾经以为其中一只是阿托克鸟，可惜不是。阿托克鸟的喙是橙色的，脸颊是黄色的，胸部的毛是雪白的，身体其他部位的羽毛都是黑色的。

阿托克鸟，多么可爱的鸟儿啊！

他对此感到惊奇不已。她活生生地证明了她教给他的东西：把过去的经历具象化到现在。她在找一只阿托克鸟，一只她记忆中的鸟。她要在春天的俄亥俄州阿巴拉契亚山脉寻找这种南苏丹鸟。

"我想帮你找到它。"艾姆-皮说。

这个提议让她很兴奋，她把他带到另一棵树下，她用蕾丝裙做的手提包就挂在那棵树下方一根低矮的树枝上。她从包里掏出几张照片，给他看她差点抓拍到的阿托克鸟。可艾姆-皮看到的照片里只有树叶、石头，还有墓碑。艾姆-皮说，没有一张照片上有阿托克鸟。她责备他不够聪明。

"我跟你说过，我没有抓拍到阿托克鸟，但我差点就抓拍到它了。"

她给了他一张照片，说照片里有一只阿托克鸟。

"它就在那儿，站在一根圆木上。"

在那张照片上，艾姆-皮看到了水，还有浮在池塘水面上的圆木，不过他没看到什么阿托克鸟，除非他想象力丰富一点，把浅灰色圆木上的深灰色斑点当作阿托克鸟。他不想对她撒谎，他坦白道，也许是他悟性不够，所以没有在那根圆木上看到阿托克鸟。

"它就在这里，伙计，在木头上整理自己的羽毛。"她有点生气了。

他摇摇头，表示没看到。她突然笑了起来，并保证说，她是不会放弃的，她会一直拍，直到拍到阿托克鸟的完美镜头，这样，他就可以看到它了。

"你连阿托克鸟都看不见，还说要带我回非洲？"

"是的，我想和你一起回非洲。你来教我如何看见阿托克鸟，"他说，他很庆幸她提起了这个话题，"你想让我看多少阿托克鸟都行。"

她咯咯笑起来，似乎艾姆-皮不顾一切的努力争取让她很开心。

"我一定要找到一只阿托克鸟。"

"我说过，我会帮你找。"

说着话，他伸手握住了她的手。她不安地退缩了一下，试图轻柔地把手从他手里抽出来。他没有松手，而是恳切地用双手握紧了她的手。她惊慌失措，好像得了惊恐症一样，尖叫着要他放开她。

他错愕地放开了她的手，想不到她会对自己的触碰产生如此强烈的反应。他以前也触摸过她，但她的反应没有这么强烈。她也触摸过他。唉，她甚至还摸过他的隐私部位。

"我必须铭记所有强加给我的伤害。"她说着，从他身边走开了，她想回病房了。

他不想就此结束这个话题，他想知道到底是怎么回事。难道她指的是铭记被关在笼子里的痛苦吗？

"不只是笼子，远远不止。"她说，"玛丽亚·玛格达莱娜一定告诉过你。她强迫我不再见你，她说她会告诉你一切。"

原来全都是因为纸牌。纸牌总是让她不寒而栗。

她的老板杜瓦尔是个赌徒，每个周末都要赌。即便是财富锐减，他依然会在工作日，甚至每天都赌。每次他打牌，阿科尔都得在场。即使走在宁静的雅典精神病院，她的耳边依然回响着玛丽亚·玛格达莱娜铃声一样的召唤："丁卡人丁姬，打牌时间到了！"

一听到那个命令，她就陷入困惑。她得跑去池塘边待着，因为在那里，她听不到这个命令。她必须在水里、草地上、漂浮的圆木上，以及树叶上寻找阿托克鸟，直到她脑子里的铃声消失。

事情源于一个玩笑。有一次，杜瓦尔先生跟他的牌友围在桌边打牌，他接连输牌，却总觉得自己拿了一手好牌，可以赢回来，弥补损失。但他当时已经没钱下注了，所以他押上了丁卡公主丁姬。

主人命令她去楼上的一间客房，在那间房里，纸牌赢家可以对她为所欲为。仆人把她拖上旋转楼梯，她对着仆人又打又踢又咬，她尖叫着喊玛丽亚·玛格达莱娜来救她，但玛丽亚却一动不动地坐在厨房里，哼着童谣，对她的尖声求救置若罔闻。

丁卡公主丁姬多次被主人，以及体形各异的赢家强奸。每每这时，她都要反抗、抓挠，甚至用牙齿咬他们。就在那时，她意识到，虽然下牙很不体面，但可以成为她有力的武器。

每次纸牌游戏后，她都遍体鳞伤，疲惫不堪。但她也让那些纸牌赢家筋疲力尽，因为每次都必须打斗一番，他们才能得逞。很快，那些赢家就威胁杜瓦尔，拒绝接受她作为奖赏了，他们要他的钱或房产。自那时开始，她就被用铁链捆起来了。纸牌游戏还没有结束时，她就已经被捆在床架上了。不管他们要打多少个小时，她都得躺在那儿等着。有时，直到清晨，赢家才会走进房间，肆意侵犯她。即便是被用铁链捆着，她仍然努力反抗，但她每次都失败了。后来她意识到，她激烈的反抗反而使有些人更兴奋，更享受侵犯她的过程。所以当他们把死亡注入她的体内时，她就一动不动地躺在床上，使他们无法获得快感。

艾姆-皮的眼泪夺眶而出，而她却露出了最快乐的笑容。看到这一幕，艾姆-皮眼泪如注，泪水顺着脸往下流，把衬衫都打湿了。

　　他恍然大悟。原来，当初阿科尔帮他手淫，是为了保护他，以免他染上性病。

12

美国联合航运号——1893年11月
她是尼亚利克，她是上帝

天气炎热，他恨不得跑上甲板，跳进圣劳伦斯河里凉快凉快。他照看着美国联合航运号上的四个火炉，大约每两分钟给其中一个火炉加煤，然后是下一个。他感觉自己像一只被绑在烤叉上的烤猪，炽热难耐。在接下来的几个星期里，这将是他作为司炉工人的日常工作，直到美国联合航运号在开普敦靠岸。

轮船靠岸后，他在戴比尔斯钻石公司的劳役也将宣告结束。到那时，他就是自由身了。戴比尔斯钻石公司在哥伦布纪念博览会上雇用了他，并为他支付了路费，让他和其他祖鲁人一起回家。那些祖鲁人现在正在统舱里唱歌。美国联合航运号的人允许他带儿子上船，但条件是他必须与司炉工人一起干活，以抵扣儿子的船费。

但在芝加哥港口，他遇到了一些麻烦，那里的官员不让他带玛沃上船。

"这个男孩简直就是个白人啊，"一名官员说，"我们不能让他带个美国男孩去非洲。"

艾姆－皮和港口官员争论了许久，又提交了多份材料，戴比尔斯公司的人也介入了，就在他准备放弃努力，带儿子重返纽约时，港口的官员终于同意他把儿子带上船。

在四个小时的轮班后，他去统舱找玛沃。玛沃闷闷不乐，他只在纽约生活过，艾姆－皮希望他能淡忘自己昔日在纽约的生活，在父亲故乡的土地上开启新的、未知的生活。玛沃一开始很兴奋，非常期待这次航行，但慢慢地，他感觉到了约束，而且在接下来的那些天里，他感觉越来越不自在。

玛沃正在看一本书，艾姆－皮在他身边坐下。看到儿子变得爱读书，他很开心，他跟儿子说了些鼓励的话，并向儿子描述了他构想的他们将要在群山绵延的夸祖鲁开启的新生活。一踏上那片土地，艾姆－皮就会死去，姆皮耶津托姆比·姆海兹就会重生。

"在我们要去的地方，没人认识艾姆－皮，他们只认识姆皮耶津托姆比。你最好开始练习说这个名字。如果你叫我艾姆–皮，没人会知道那是谁，你会走丢的。"说完，他哈哈大笑起来，玛沃也笑了。

但当玛沃看到父亲又是一脸愁容时，他的一脸笑容也变成了满脸担忧。

"你知道吗，玛沃，有时候我们要学会与我们爱的人保持距离，什么都不用做。我们不一定非得拥有我们所爱的人。"

玛沃敷衍地表示认同父亲说的话，但也只是出于礼貌，因为他根本不懂父亲在说什么。

当然，他说的是阿科尔。在出发去芝加哥之前，他最后一次跟她在雅典精神病院说话时，他也是这样说的。不管他如何哀求，阿科尔始终冷静、美丽且坚定。她问："你要娶我做什么？你想对我做的事，与那些男人一直对我做的事有什么不同？"他回答："我不·样，因为我爱你。我从来没有对任何女人说过这句话，连跟我的妻子也没说过。"她嘲弄道："你应该听听，当他们把我撕成碎片，把死亡注入我身体的时候，他们在我耳边悄声说过的甜言蜜语。"

最终，他放弃了她。

他将永远记得她的蔑视。她甚至蔑视神，因为她宣称自己就是神。她站在那里，面对着艾姆–皮，语气里没有一丝仇恨:"我自己就是尼亚利克!我自己就是神!我不会跟任何人离开,我只追随我自己。"

艾姆–皮完全理解她的意思:男人拯救不了她。通过外化童年世界的记忆,她在精神病院的广阔荒野中重塑这份记忆,用吉恩精神王国的力量拯救自己。如此,她重获自由。

他和玛沃也重获自由,或者正朝着这个目标努力。无论你是否认同,这都是一个结局完美的故事。

即使阿科尔不在场,她也始终深刻地存在于他的生命里,像神一样,时刻影响着他的人生。她教艾姆–皮如何将记忆外化,并使其具象化为当前现实的一部分。因此,只有他死了,她才会消失,她的生死取决于他。艾姆–皮学到的这些经验教训,不管是在这次航行中,还是在他今后的生活中,都会派上用场。

一个故事的结束,往往是另一个故事的开始。